诗眼倦天涯

徐皓峰 著

江苏凤凰文艺出版社
JIANGSU PHOENIX LITERATURE AND ART PUBLISHING

果麦文化 出品

目录

序：男人卖字

一九九三的电影学院，周边简单。

骑车二十分钟是积水潭，有座小庙，名为“郭守敬纪念馆”。看门口牌子，元朝科学家，造诣在天文、水利，他的师父刘秉忠，是忽必烈首席谋臣，主持建了元大都——北京的前身。

当年，有一丝兴趣，但没碰上过开馆。

年过四十，兴趣转移，无意新人新事，总想起二十岁没时间追究的事。刘秉忠是一桩，古龙是另一桩。

初中时代，看古龙的《幽灵山庄》《离别钩》《白玉老虎》，喝酒上头的阅读快感，后遍读他作品，全程上头的，再难有。

按字数付款的报纸连载制度，造成对话多、旁枝多，都是凑字法。晚清理念，男人卖字，等于女人卖身。凑字，毁文感。

《天涯明月刀》，传言是他革新大作，以散文诗入通俗文学。借到，看了，茫然。

此书先在报纸上连载，遭读者抗议，劝罢手。峰回路转，楚原导演拍成电影，轰然大卖。小说盖棺论定，称为他代表作。

二〇一六年，曾有商家邀我重拍《天涯明月刀》，接了单。古龙写此书时三十六岁，那年，我已比他大了七岁。惭愧，惭愧。

那年拍古装片，要有明确朝代，他的小说没有。想起刘秉忠，草创一朝的谋臣。帮会控制了武林，几乎是古龙作品的统一设定，《天涯明月刀》里的反派依旧是帮会老大，我这代人少年即看香港黑帮片，熟而生厌。

觉得谋臣是新概念，因而想置换，扎入元朝史料，自不量力，要搞清谋天下的人是何思路……

商家手紧，终未做成此事。

但对刘秉忠的研究延续下来，他曾是个和尚，看世间“如梦幻泡影”的人。元朝一场梦，没道理地来，没道理地去，白费了他心机。

峰回路转，拍了《诗眼倦天涯》电影，一个元朝故事。我历来是先写小说，再拍电影，这次反了，关机后写的小说。关机，即大病，医院里躺着，每日清晨六点验血，生活规律。

轰然新意，想写小说。

诗眼倦天涯

一

三十七岁，不该再玩刀。他时常会想起一个湖蓝瞳孔的粟特人，五岁跟上这湖蓝眼，长到十五岁，跑了。粟特人原居中亚阿姆河流域，来汉地做买卖，已逾千年，他们吃牛羊，他有过十年好吃喝。

他现在吃韭菜烤饼。韭菜阳气足，抵牛羊肉，一年只吃韭菜烤饼，体能并不亏。

二十六岁，是老的开始，再难有十五岁时豹子一样的敏捷转身。他三十七岁，他是“比刀为生”的夜摩天。

其时，蒙古人打下南方汉地，建立“大元”已十一年，禁止汉人佩刀，发现拐杖上镶铁块，亦视为凶器，当街殴打，之后流放。

汉地广大，蒙古人少，法律制定后，盯不住。“变通变通”是大元常用语，汉人无力修正法律，只在实行时寻求变通。

蒙古人给南方带来许多异族，粟特人、吐蕃人、突厥人、波斯人、犹太人……他们不禁武，汉人向他们买异族身份，可以佩刀。

夜摩天是汉人，有个蒙古名字“支尔哈朗”，湖蓝眼给他买的。

汉人怎会放弃兵器？刀剑自古是汉地奢侈品，镶金佩银、宝石点缀的传家宝。变通之法是，向做珠宝生意的粟特商人交钱，买下“宝物”（工艺品）证明，便可在家放着了。

汉人怎会放弃比武？比武是解决民间纠纷的最小暴力，地方上争水夺矿，会挑出强者决斗，以两人胜负决断集体利益，避免群殴。

禁止汉人比武的法律颁布后，汉人将“比武”变通为“比刀”——不是决斗，为验证彼此的刀剑质量。

蒙古人四处建杂造局，制造、修理、派发兵器，用的是劫掳来的中亚工匠。汉人会向附近杂造局买“代理验刀”的证书，名义上为蒙古军试刀。

每个地方大户，都养着一批叫异族名字、买验刀证的打手。夜摩天也有验刀证，十五岁时湖蓝眼办的，拿到手，他便离开了这双眼。

从小听到，湖蓝眼被周围人尊称为“安达”，蒙古语——真正的朋友。

比刀为生，能活下去。汉人自古厌官府爱自治，小块活着，拼图般凑成广大汉地。自治，需要自保。大户们均私蓄打手，崇尚武技。

登门挑战，为投身大户，炫技后成为个打手。夜摩天是为自己活，按规矩，胜者有权拿走败者兵器，他赢兵器卖钱。

流转大户门庭中的打手，为自高身份，大出血本，模仿唐朝贵族在鞘柄上镶金箍玉，被夺走刀剑，没了脸面，只得离去。

夜摩天不当打手，还坏人事，早该遭恨被暗算致死。他渴望暗算到来，看看猝不及防的自己……

没有暗算，他身上跟着一个谣言，说他是位北方世侯的公子，代父抵罪而被贬为庶民，下放南方。这种落难公子，终有一日会回去。

大户蓄打手，世侯蓄军队。蒙古崛起前，北方是契丹人的辽国、女真人的金国，北方汉人给异族当兵百余年。蒙古灭金的过程中，几支汉人军队出离战局，保持中立——蒙古人称这几支汉军的首领为“世侯”，拉拢结盟，特许其儿孙继承兵权。

北方世侯，南方大户惹不起。

谁帮他扯了这保命的谎？夜摩天是南方人，五岁被粟特人收养，学了一口不辨南北的粟特人汉话，问过个打手：“你们怕我来历？”

打手回答：“呸！南方人不暗算！”

比武，是荣耀事，暗算获胜者可耻。夜摩天与打手们的默契是，他只比刀，不入大户门，不管江湖事，一旦破坏默契，南方打手都会讨伐他，不择手段。

夜摩天——离开湖蓝眼后，十五岁的他，给自己起的名字。佛教描述的欲界第三层天，离人间远，欲望稀薄得已不会作恶。

夜摩天本是凡人，长时间感受自己的体温而悟道，成为天神——这个典故，令他要起这名字，二十六岁开始在旷野过夜，仅有体温陪伴。

二十六岁，过于孤单，他买了匹骆驼，不是蒙古草原上的双峰厚毛骆驼，是从遥远波斯湾来的单峰白骆驼，毛短腿细，适合温燥的江南。

半年来，听说又出了位赢打手过活的人。不一样的，是赢了不取刀剑，让打手按刀剑价格付钱。那人叫文散春——多么市侩，比武是荣耀事，怎能算钱？夜摩天不羞辱败者，都是夺走刀剑，去当铺折现。

但……似乎文散春更得人心，还发明了约打手出门比武的方式，没了大户主人旁观，输了只是付钱，不损名誉。

规矩因此人而改，夜摩天再站不到大户庭院。打手们改约在荒庙坟地，掏银票说好话，求夜摩天胜后不拿走他们刀剑，愿按原价给一半。

当铺压价，只给三成。夜摩天还是不要钱，只拿剑。一切变了滋味，他约文散春比武，文散春应约，定在六朵城角抵社——市侩只会出现在市侩的地方，那是女子相扑馆，半裸摔跤的地方，看客多。

过年福利，会办“比武招亲”，发誓输了就嫁，让看客们上台一亲芳泽。多数人只是摸了把胳膊，扒不上腰，女人们厉害，男人手刚碰上，便被摔出。

打听不到文散春的家庭、师承，半年前，他在六朵城第一次出现，摔败了角抵社头牌——十方，睡了她半月，从此有了这人。

赶去六朵城途中，夜摩天比了次武。他总是缺钱，他饮食简单，不住旅馆，蜷骆驼而眠，唯一嗜好是买上等衣服。苦行僧不在同一棵树下坐七日，为戒留恋，他的衣服一日一扔。

应约的打手披竹条铠甲，桐油浸制。汉人比武繁琐，需拜公证人、祭奠祖师、撒黄土等十八道仪式。大元十一年了，南方决斗已采取简便的蒙古方式，只需二只火把支在场边。蒙古人视火为神，二只火把，足以让一切地方变为圣洁。

打手掏出叠纸币，提出失败后“交钱不交剑”的要求。夜摩天答复：“你活着吧，陪着你的剑。”一脸轻蔑，转身离去。

迈着步，开始兴奋。比武，技术占一成，九成在斗志。文散春出现后，打手们先要谈钱，一心为败后做打算，又怎么会赢？

新规矩保全对手名誉，实则瓦解对手心理。文散春的心机，超出市侩的狡猾，可称兵法。夜摩天十三岁时，湖蓝眼曾教他兵法，他不爱学，但还记得湖蓝眼的话——让敌人占据所有好处，你就赢了，此谓兵法。

兵法的乐趣是输赢，比武的乐趣是生死。夜摩天通过羞辱对手，让比武回到生死上来。人，毕竟还有自尊。

预计中，再走五步，那位打手会追上来……眼前跑来七个人，六男一女。

女人梳贵妇高髻，男人是握短棒的流氓——在城镇外抢劫的农家青年，跟大户打手一样爱模仿军官，配一二块竹条编的肩甲或腿甲，跟打手不同的是，流氓喜欢艳色，身扎彩条。

流氓用膝盖压死女人四肢，老练解散衣裙，掏出内兜里的银票。流氓不撕衣服，衣服要卖钱，落在流氓手里的妇人，结局是给光身子扔在路边，让路人拾回城去。女人白润，六个流氓将按照早定的排行顺序，逐一上她身子。

他们伏在夜摩天脚下的台阶上。比武地是座荒庙，帝王规格的高台阶，视线所限，他们看不到他。

蒙古人打下南方后，南方人开始祭拜岳飞——百年前的南方名将，誓言收复北方。岳飞替代了缺位的汉人皇帝，画像配上皇帝冠冕，庙建成帝王规格。

祭祀岳飞被禁止后，岳飞庙普遍荒芜，如坟地一样，成了打手们爱选的私斗地。

夜摩天左肩斜挂野牛皮披风，戴一顶高耸帷帽，帽檐垂四条纱条，系于腰带，别人不易看到他脸，他可以自由看四方。如一座存高僧遗骨的舍利塔，他走下来。

流氓还是没看见他，当他要再下一步时，决斗的打手终于心生自尊，吼一声“夜摩天”，拔剑刺来。

夜摩天——欣慰这名字能吓人，看着流氓们苍蝇嗡散般离开女人身，他嘴角有了笑意，转肩错步。

剑在野牛皮披风上滑过。

野牛毛细密，朋友一样，帮人挡险。披风下是他的弯刀，他没拔刀，拎起右腕挂的扇子，敲在打手脖颈。

扇子铁质，宿着唐朝开国名将秦叔宝的魂灵。六百年前的唐朝，汉人强盛，周边异族臣服，之后汉人再没这时候。痛思旧日，唐朝开国名将皆被民间称神，秦叔宝尤得爱戴，成了守护家家户户的门神。

秦叔宝的兵器是锏——四棱铁条，重五斤，马战之用。装在马鞍上，双方马匹粘靠、手里长枪抵死时，抽锏出来，一下即可解决战斗。铠甲可抵御枪尖刀刃，受不了钝兵器，一锏敲下，震得五脏俱裂。

官府捕快用的铁尺，便是崇拜秦叔宝而缩小的锏，五斤减重为二斤，转腕使劲，迎面一下，将贼人兵器震飞脱手。铁扇子是江湖人崇拜秦叔宝，更小的锏，薄如文人折扇，八两重，系腕子上，一抖即上手，防暗算的应急之器。

打手倒下了。

夜摩天行礼，取走他的剑。

女人在拾银票，见夜摩天下台阶，哽咽说是她的。夜摩天点头："你的。"解野牛皮披风扔下，她才自觉衣散，需遮身。

去了披风，显出左腰挂的弯刀。刀头弯度，为砍进人身后轻划即可出。

牵骆驼走出岳飞荒庙，见路口躺着被棍击伤的轿夫，除了妇女坐的轿子，还有装木雕神像的抬杠。噢，她是去山中道观请神像而遭的流氓。求神还是灵的，有我保护她。

未细看她相貌，应该好看。女人生来不幸，应该个个都好看……骆驼在端详他手里的剑，剑鞘镶红珊瑚、黄金花饰，他寻当铺而去。

二

文散春已在六朵城，未去角抵社，先在个小酒馆喝醉自己。半年前，游逛到六朵城，相扑女办“比武招亲”的揽客噱头，他起了玩兴，上台摔败了头牌十方，看她怎么收场。不料她当晚便跟他同房，江湖女子的爽快，令他喜欢。处了半月要走，她却当真要他娶她。

十方既是台上相扑的头牌，也是角抵社老板，女人中的强者，尊称为“大娘”。

他逃了。

他进城，相扑女们会找上来。果然，角抵社的二号人物千九来了，拎着女人打群架的梢子棍——长棍顶端以绳子再系一条短棍，抡甩的加速令打击力翻倍，女人力薄，如此可打男人。

女人共事比男人共事和谐，女人们一起住久了，月经期都会变得一致，一个女人喜欢的男人，别的女人也会喜欢。

看着文散春，千九恋人般喜悦，面皮发烫，甚至想贴上他脸蹭蹭。未及说话，酒馆里闯进人。八位拄木杖的男人，肋骨护着竹甲，脖子配镶铁片的皮条，行凶的装备。

领头者从杖里拔出短剑，向酒馆其他客人行礼，客人们吓得出门。他掏出几张银票揉成团，扔上柜台，表示将打坏东西，预先赔偿。老板懂事，缩下柜台。

六朵城没有这样的人，他们是外来者。文散春瞄了一眼，已醉深，眼睛看到，脑子反应不出什么。

他的迷惘神情，令千九又一阵喜欢，随即眼显凶光，对闯入者表态，不管他犯了什么事，都由角抵社接下了。

领头者说文散春杀了杨大官人的小儿子，人命死结，角抵社不要介入。他江湖诨号叫天郎——天上的一颗星，下凡人间，他是扬州大户杨大官人的头牌打手。世风不正，百姓怕官，街面恶霸亦被称为大官人。

千九顿时气弱，解释文散春是十方大娘的官人。

当世婚礼，新郎服装模仿四品官服，女人亦称自己的男人为官人。丈夫有难，妻子一定搭救，也是死结，角抵社绝不退出。

天郎怨千九随口找理由，十方艳名远扬，真出嫁，扬州不会毫无听闻。千九辩白，未办婚礼，是比武招亲赢了十方。

比武招亲，跟蒙古人学的。蒙古女人体能厉害，非汉人女子可比，常出女将。传过奇闻，一女将不愿出嫁，被父母逼得急，摆出摔跤擂台，宣称谁让她倒地便嫁谁。军中猛将无人能胜，男人皆汗颜……

借此典故，十方创了比武招亲的节目，看客猛增。大娘头脑，相扑女们服得一塌糊涂。天郎反驳："比武招亲，不是你们揽客的噱头么？"

"大娘当真了。"千九媚笑，解开外披长褙系于腰际，内里是相扑表演的橘红紧身衣，拎梢子棍做出开打架势。

她一方五人，天郎一方八人。看着橘红的她，天郎嘱咐手下里三人不动，人数上平等。千九再次媚笑，怪天郎不该连累手下，要跟他单挑。

怪了，有点喜欢她，天郎答应。

瞬间结束，只是一招，天郎短剑脱手，小臂被梢子棍劈肿。千九整了下腰扎的外披长褙，拎梢子棍，在四个相扑女簇拥下，势如名将，带文散春而去。

天郎蔫了，许久才想到，落地的短剑上该有血迹。剑被打脱前，是刺入肉的手感。

慢的是她……

三

角抵社白日用木板挡窗，纯用烛火。相扑时有乐班伴奏，穿南方大宋的宫廷乐官服。南方大宋已被蒙古灭亡，不存在民穿官服的僭越问题。

十方在表演，八名高她一头的男相扑手轮番上阵。女子相扑馆也有男子，女子主摔，男子扮演挨打角色。相扑不使绊子，因为来不及用腿。相扑就是一个冲撞，双方相对蹲下，同时蛙跳而起，必有一人被撞翻。

女子在撞击选点上取巧，掀车把的原理，一个十岁小孩掀车把，能将四百斤装货的车弄翻。看客眼中，在避无可避的情况下，女子将男子撞出，真是以弱胜强的奇观。

看客三百人，十方看到观众席后面，文散春正被女人们拥入内室。她重摔于台面，打滚起立，跳上退场的斜桥。

知她装败早退，看客一片嘘声。

退场规矩，要以舞蹈谢客。十方跳起，像个男人，舞蹈来源于军队，模仿的是骑兵上马的整装动作，名为“起拔”——军队出发。

文散春躺在内室凉床上，深醉不醒。千九坐在床沿，做着冒犯十方的事——脸贴着文散春的脸。

听到十方脚步，千九赞道：“喝醉了，就是睡觉，不闹事。”脸蹭到文散春胸口，再赞：“流多少汗，身上也没味，真是位好官人。”扭向十方一笑，眼如剥皮的葡萄般晶莹，滑落床下而亡。

文散春醒来时，千九的尸体已清走，十方一人在，洗着敬神的水果。相扑女供的神是岳飞，女人期待男人能打回天下。

以帝王之礼祭奠岳飞被勒令禁止后，岳飞像去掉皇帝冠冕，换成了道教壁画常见的天界武将装扮，隐去岳飞姓名，改称为“速报神”——让因果报应速速到来的神。汉人伤心很久，请让报应快来，恢复国土。

文散春是个邋遢人，衣有污迹，头发散乱。见过他脸的人会感慨，他家祖上娶绝色美女，连娶了二十代，才能生下如此五官的男子。

他的皮肤，刚砍断的树木横截面般白洁，发着朝气。听到他下床，十方竟不敢看他，气弱至极地递出句话："半年前你逃了，怎么又回来？"

人无完人，他是嘶哑嗓，糙如磨刀："路过，没想来你这。"捞走十方手里一个苹果，到神像前作揖，马吃草料般嚼起来。

难听的声音，让十方有了跟他说话的勇气，大声道："你履行婚约，我保你命。"

他乌鸦般笑起："看你本领。"

杨大官人进城了，乘八人拉的辇车，带四十名打手，一半是扎头巾的盐厂劳动装，一半是戴斗笠的道袍。他在扬州有盐厂庙产，不必买异族姓名、办验刀证，盐厂捣盐的铁叉、道士埋尸的铁铲，于群殴是现成凶器。

角抵社停业，退钱驱走看客，杨大官人在门外摆了椅子，文散春一人出来谈判，将佩剑落下，拎系带拖地走来，表示不会动武。

杨家次子死，是在青楼争妓女，与一客人互殴，破窗跌下，折断颈骨。文散春承认自己是那青楼客，说近日夜摩天约他比刀，他得了结此事，再接受杨家复仇。

夜摩天不介入江湖事，换得比刀纯粹。他失信，人人可暗杀他，比刀被破坏，他亦会暗杀江湖人。

不怕他暗杀，怕防起来麻烦。杨大官人未接剑，望日慨叹："人下午久了。没气力啦。"

夜摩天赶到时，文散春正和杨大官人一个桌吃饭。古时无晚餐，上午十点一顿，下午三点一顿，此时下午餐。

打手们是分食，杨家自扬州带来铁炉子和食材，拼出四条长桌，一人一食盒，一勺一叉吃。文散春和杨大官人是同食，共享一个汤盆，用筷子夹汤中菜。筷子不沾口，只夹菜，还是用勺叉吃。

夜摩天来不及配新的牛皮披风，以粟特人的金丝锦披肩遮住左下弯刀，为了跟披肩金色搭配，换了粟特金线帽。

他的样子，杨大官人不喜。蒙古人掳南方大宋皇帝到北方，勒令改装改口，穿喇嘛衣说吐蕃语，没要求民间。民间是自己改的，年轻人见异族服装新鲜，短短十余年，不复中华原貌。

扬州，一座没有城墙的城市，蒙古军南下时，军民顽抗，失败后，被扒掉城墙。杨大官人出资在扬州建了二座道观，做大型壁画，借着道教神仙像，把祖宗服饰保留下来。

夜摩天不同意废止比刀，说请给一个时辰，他带文散春走，文散春赢了回来，死了，他雇马车送回。

杨大官人否决，让就地比刀。很久没在人前比刀了，夜摩天同意，有些兴奋。天郎亦兴奋，让打手们退让出空场，随口说："圈起来！"

夜摩天铁扇子抖出，天郎脖颈中招，倒地快得似是演戏，看着假。

真晕了。这是偷袭，江湖大忌。即便群殴混战，攻击背对者，也要喊一声，容人反应。只有捕快捉贼，才会无声偷袭。偷袭谁，便是视谁为贼，天郎是打手头牌，打手们均感受辱。

刀法再好，也抵不住四十把叉铲齐上。夜摩天指着地上天郎："圈牛圈羊才用圈字，他把我看轻了。"

天郎语言侮辱在先，他有权报复——打手们没了群起攻之的理由。杨家长子拎长棍过来，自腰间皮囊取出铁叉尖，装在棍端。

无言挑战，亦是轻蔑。

杨大官人满意这个儿子，杨长子是半个神。六百年前的唐朝军队奉佛教毗沙门天王为战神，主帅帐旁立一空帐供奉其像。杨大官人收藏到这样一尊木雕，发现不是佛教发源地的印度服饰，而是汉人正貌——唐朝贵族子弟的戎装，欣喜之下，让长子照此做衣。

杨家是扬州的外来者，蒙古军破城后杀绝了扬州大户，引外来者重建。外来皆强者，经过四年火拼，杨家确立了扬州首席大户的地位。逢当恶斗，杨长子均以毗沙门装带队冲锋，每每险胜。

杨长子认为是毗沙门神力加持，穿上这身衣，便守禁语戒，以免人的语言玷污神形。

夜摩天从金锦披肩下掏出只铜镜，定神观察自己，向杨长子摆手：“我气色比你好。你会死。”

杨大官人忽感口渴，迷失在沙漠多日的渴。佛教理论，欲界的三重天之下，助人为乐是美德，心中无人是恶习，三重天之上，助人为乐是恶习，心中无人是美德。

夜摩天是三重天。

一重天是毗沙门天王与另三位天王共处的四大天王天，情感的力量是人间的一亿八千倍，人间的风雨雷电是四大天王喜怒哀乐的余震。二重天是仙人所在的忉利天，长寿、美貌、聪明等各种福气是人间的一亿八千倍。

禁语的儿子是我的好报，为家业出生入死，爱护弟弟，降生来助我的，只是喜怒太烈。

夜摩天对人无兴趣，决斗前亦寡淡。

差着二重天……杨大官人要喝止决斗，响起了让路人闪开的官府清道梆子，八个相扑女推来了六朵城首席捕快，他卧在车上，似臀部受伤。

城中捕快共十七人，有朝廷任命仅三人，余下皆临时雇用，官府不发俸禄，靠索要涉案人家红包过活。百姓遇事习惯私了，县中案件少，活得清苦。三名正式者是杜捕头和他的正妻小妾，拿朝廷俸禄也辛苦，要穿男人皂装，跟杜捕头上街巡逻。

“寸铁为凶！”杜捕头宣读禁令，凡私藏兵器者没收家产，发配边疆。

杨家打手出示盐场户口、道士度牒，表示所持铁器均为劳动工具。夜摩天掏出折硬纸，是他的蒙古名，盖有官府确认的红章。文散春也有，吐蕃人名“赫兰穆思赤露”——命硬心强。

杨长子的叉尖受到杜捕头小妾逼问，因守禁语戒不能开口，急得眼显凶光。得知肇事者是扬州大户，杜捕头训斥小妾见识少，杨长子拿的是田里干活的家伙什，跟锄头没两样。

面对杨大官人，杜捕头保持官威：“什么都可以，不要出人命！”

杨大官人姿态谦卑：“为子报仇，我不得已。”低语，杀了文散春，杨家出二人抵命，交杜捕头带走。

杜捕头：“下了新律法，出人命，当地捕头先挨七十大板。有人给凶手抵命，没人替我挨打呀！”

二名正式捕快名额被他妻妾侵占，积下暗怨。前日县里出人命案，杜捕头依法挨打，执刑衙役未手下留情。

挨打情景不堪回首，县衙惯例，杖责减三下，执刑衙役高唱：“天饶你一下，地饶你一下，我饶你一下。”实实在在打了六十七下。

叫杜捕头，是十方主意。向速报神像上香后，她带全部相扑女三十三人走出角抵社，拎梢子棍，扎绑腿挟背囊，出远门打架装束。

女人的决绝最为动人，看呆了杨大官人，夜摩天亦暗赞。相扑女该漂亮，她们的美是拿寿命换的。十二岁开始，二天吃一餐，子夜起床空腹训练。随着饥饿越来越难以忍受，会分泌大量口水，靠吞口水坚持到下午二点，依然不给进食，强迫去睡觉。睡不深，迷迷沉沉饿着，不断吞口水，直至次日练功时间。

次日黄昏，喊醒给一碗白菜炖牛肉，一颗养肝的药丸。扛饿的口水不是发自舌根，从口腔上方分泌。相扑女认为是大脑化为液体流下来，传说上古怪兽饕餮吃自己身体，相扑女就是吃自己脑子的饕餮。

饮食睡眠的控制，延缓五年发育，相扑女十九岁，男人般高大，还是十四岁刚发育生理。世风推崇雏妓，“艳女”指少女，相扑女放大的少女身，看客喜欢。

她们活不过四十岁，二十八岁和三十五岁，是两个高危死亡期，一辈子少女样。如果胸臀高隆，女人味日浓，便是快死了。

一年前，十方下午睡醒，瞥见胯形呈现沙丘般弧线，流了泪。女人之美终于来临，时日不多了，决定爱一个人。

她行礼：“我有一法，可解二位僵局。”问杜捕头，“出了城，再出人命，就打不着您了吧？”

杜捕头点头，她转向杨大官人：“出了城，荒山野岭，您好办事。文散春一个人，为免天下人说您以多欺少，角抵社要入局，带他走。”

杨大官人赞道：“合理。”

十方一笑，熟女之身，还是少女艳容：“我们毕竟是女人，请给个公道，您晚一个时辰再追？”

杨大官人沉下脸，六朵城外山形复杂……抬眼见擂台上扮挨打角色的相扑男们拥在角抵社门口，个个魁梧得如蒙古人，道：“你们有男人呀！”

十方：“他们不走。生死关头，男人都是谈事的，只有女人能拼命，不难为他们了。”

杨大官人动容：“豪气！活过三日，算你有本事，杀子之仇，我不再追究。”

显出令人佩服的本领，可免杀身之祸——原非汉人习俗。蒙古军西征中亚，屡屡屠城，儿童亦不放过，独保留工匠，自报本领便可活。成批的中亚工匠被掳回汉地，带来许多拿手艺换命的故事，刺激了多思多感的汉人，从此民间解决纠纷，又多了一道折扣暴力的方式。

十方屈腰称谢，转向夜摩天：“眼前局势，您的事要放后了。”

夜摩天侧身不受礼，受不了别人一脸感激，他点头许可，恢复寡淡。

杨大官人守信，在角抵社待足时辰，率队起拔时已天色昏暗，城门入夜即闭，将将能赶上出去。杜捕头盯着他们，直至视力所及，转眼看见顶白帐篷，男相扑手们从角抵社门里抬尸体出来。

尸体白衣，双腿用红绳捆绑，防诈尸的习俗。是死去的千九，脸抹浓妆，头插紫花。死人不能留在活人房里，要迁到院中搭木屋停放，受蒙古习俗影响，改为支一顶白布帐篷。

杜捕头伤口作痛。她，是六十七下板子。

四

十方出城后，分兵二路，角抵社三号人物速儿带八女向西行，十方带其余人向北。分道时，夜摩天牵骆驼现身，向十方一行跟去。速儿拦住，劝他别跟了，江湖消息快，文散春死活立马会知道。

夜摩天："我不关心他，觉得你们有趣，想看看。"

速儿被逗笑："您这么厉害的人物，还看热闹呀？跟我走吧，别烦大娘了。"

夜摩天："让路，我更想看她。"

相扑女们自恃对山区熟悉，认为一个时辰，足够无影踪，忽视了杨家与一般大户不同。杨家打手是职业军人，一个时辰内，杨家拿到城外山区详尽地图，搜来向导，设定堵截方案。

蒙古军厉害，能打调度复杂的长途运动战，各股部队严格守约守时，简直是美德。多数民族打的是集中所有兵力的会战，不敢分散，因为一散即溃，再聚太难。蒙古人世世代代迁徙放牧、集体狩猎，皆是分散后远程配合，具备此基因。

汉人亦擅长多股配合，尤精于布阵，动辄封住片江域。其基因在于汉人葬礼、祭祀皆是多步骤多分工合作。组织青年学习出殡队形和祭祖流程，聚众一多，容易被诬陷为练兵，自古有许多遭定罪的案例。

蒙古崛起之初大量吸纳北方汉人，用于长线封锁、远程支援、后方守备。统一北方时，蒙古军中有九万汉兵，筹备军需的十大税务官皆为汉人。汉人是蒙古人的家底。

南方汉人坚忍，常一座孤城拖住蒙古军主力数年，扬州即是块英雄地。在暴烈的竞争中，能成为重建扬州的首席大户，因为杨大官人招募了一批改名换姓的流亡者——抵抗过蒙古军的南方军人。

相扑女分兵逃亡，杨家亦分兵追击，速儿一队被杨长子一队追上。她们是引开敌人的弃子，武艺较弱，交锋即受伤。速儿带二女向杨长子冲去，图谋擒贼先擒王。

杨长子卸下叉尖，挂回腰际，以光杆迎击。速儿眼中一花，左右二女已倒地，独留下自己。武艺悬殊，再打招耻，她单腿跪下，认输。

杨长子收杆，她却顺杆蹿上，贴身拥抱，抽出叉尖，捅进杨长子肋下竹甲，用力即可穿心。

她如淋雨的马般颤抖：“抱歉偷袭，我知羞耻。杨家哥哥，不要为难受伤的姐妹。”

忘了禁语之戒，杨长子点头：“我们也有人受伤，一块送回城。”

离开他身，她面上恢复血色，扬起手中叉尖：“有本事，你来取！”吐舌一笑，红似鲜血。

她入了林子，杨长子横杆拦住追来的打手：“可以了。”月色昏庸，望她去处，有些喜欢。

十方队伍，被杨大官人率众包抄，堵在山道拐口。打手燃起火把，杨大官人稳坐，旁侧置一张空椅，笑对文散春："你是赌注，你坐这。"嘱咐天郎，留人活命。

天郎宣告，死一位姑娘，扣所有打手半年工钱。十方喊话，她们做不到，女人力气薄，得下狠手。

杨大官人认可。

双方节制，各冲出十人。这伙相扑女梢子棍娴熟，显出兵器优势，故意让盐场叉、道士铲卡住，再甩起绳系短棍，正中打手面门。

相扑女倒下四人，打手倒下七人。十方喊停，说十人对十人，角抵社赢了。

杨大官人认可。

女性之美降临，十方面若桃花，挑逗情人的笑："火把烧完，你再追？"

遭女人调戏，场面不雅，怕她再说什么，杨大官人赔笑："快走吧。倒下的姑娘，我管医。"

十方的笑容全然绽放。

五

追到次日下午三点，该吃二顿饭了，仍无十方一行影踪。带路人说，县城里都知道相扑女邪行，供着一尊不让外人看的木雕，难道她们施了妖术？

杨长子赶来会合，杨大官人喊停队伍，让他念毗沙门咒破解。毗沙门是战神，唐朝盛传其咒语，为保汉人国土。杨长子出声后，打手们均屏息敬听。

相扑女上了百姓走的官道。夹在农民运菜的大车中，夜摩天边走边换衣。用心装扮，为习武大忌，平日养成自爱心理，危机时拼不了命。

他无法朴素，他是一个人，无亲友收尸，死在哪儿搁在哪儿，他衣服就是他棺材。精心穿着，为死后给路人看到不丢人。大太阳下，他气色不好，多次掏镜子照过……今日凶险？

速儿按约定路线，追上十方一行，怕夜摩天添乱，一直盯着他。走至黄昏，空中响起吹海螺的嗡声，长短变化，军号般传递信息。杨大官人想通，山中逃路走尽，人是人的最后逃路，她们定在人群中。

十方向文散春叹道："姑娘们会为你丧命。"

文散春："是为了你。"

官道两旁高坡，杨家打手滚石般冲下。速儿斥责夜摩天："你的骆驼太大啦！"女人发火时正气凛然，夜摩天不得不低头。

百姓被拦住，截出块空场，杨大官人照例摆张空椅，招呼文散春坐。跟十方商量，走得够远了，在这了结吧，双方都下狠手。

十方未接话。衣裙下，腿在抖，怕开口出了颤音，招敌人笑话。

夜摩天站出，说她们被发现，因他的骆驼显眼，他要补偿。如十方遇上危急，请允许他出一刀搭救，一刀过后，死活不管。

夜摩天的话，赢得杨大官人尊敬，答应了。继而吩咐杨家打手“见红为止”，出了血就停手，不砍第二下。

双方摆好架势，将开战时，从扬州赶来了杨家管事，禀告朝廷年初下令限制道教，现今施行到扬州，对道教典籍烧书毁版，杨大官人建的二座道观遭查封，问该如何变通。

杨大官人说没的变通，平视落日：“天下将乱。先把眼前的架打了。”喊话重开战。

截流路人里响起小女孩元气十足的叫骂：“谁这么不要脸？堵着路！”“耽误这么多人，好意思么？”是几个伺候小姐起居的女童。

一位老用人随后跟上，左右作揖：“小孩子说话冲，多包涵。不过呀，人人走的官道上，闹腾私事，不合适！”

他身后是一蓬六人抬的红顶暖轿，官轿样式，配十二名吹鼓手、十名举旗人，最大旗上绣“正一品”三字。轿子后一片推车。

一品官？

杨大官人：“您能看出来吧，马上拼命啦！别人照顾不了，单放你们过去？”

老用人致谢。轿子过去，后队漫长，大量铁锅厨具外，是江海鱼蟹、深山禽兽，水缸盛、铁笼囚，一物一车。杨大官人看得疑惑，问身旁文散春：“一品官上路，是这配置？”随口问的，想他不知道。

不料他知道，说安徽出现种女子，自称是御用厨娘，软禁在蒙古皇城的大宋皇帝被勒令穿喇嘛衣说吐蕃语，新近改吃了喇嘛食物，御厨解散，她们得以重回南方。

安徽大户想尝皇帝气派，请来办宴，她们开的是天价。有小财主不知深浅，也请，一顿饭给要走大半家产。

杨大官人暗笑，在安徽成了事，敢上江浙了。正一品，定是自称厨艺好到得皇帝赐最高官位，天价中的天价。

夜摩天在路面外观战，红顶暖轿行到他眼前停下，老用人拎只水桶放夜摩天脚前：“这条鱼值二百两，娘子谢你的！”

岳飞庙前，被流氓打倒的轿夫用人里似有这张脸。

轿里是她？当日未细看，终不知她模样……

轿队过去，天郎带八名打手走近，讨好地笑：“什么鱼值二百两？”似忘了夜摩天偷袭过他。

掀开桶盖，一条青色惜麟鱼，高山寒水里长大，因热已失生机，鳍尾不动，老僧打坐般凝在水中。

天郎满足，谢夜摩天：“您让我开眼，打我的事算了。”十方不知何时已站他身后，率相扑女动手，天郎等八人不及站起，皆给击晕。

一般打手不敢离队，他们是打手头目，大战之前，能废掉敌方强手，是老天给机会，得接下……十方如此宽慰自己，向杨大官人喊话：“不算我们不仗义，是他们轻浮。”

杨大官人回应：“是这样。你无错。”挥手让杨长子带队冲上。

杨长子的兵器双头叉，是从毗沙门木雕上仿来的，平素战斗只一端装叉尖，另一端空着，不想杀人时，调木端打晕。

速儿盗走一支叉尖，腰囊里还有一支，但他也不装上，面对女人，纯是光杆。

眼角瞥见速儿中了记铁铲。打她的人跑开了，本着“见红为止”的原则，她流了血，无人再打她。

身上有止血药，想扔给她……

十方见杨长子右手入了腰囊，天给机会，梢子棍抡去。夜摩天变脸，蹿上路面。

角抵社门前跟杨长子对决，并无胜算，只是自己会吓人。一人走江湖，得会吓人，把人吓住，可避免打……

杨长子转脸，闪过绳系短棍，左手持杆将十方打跌，再补一杆击头，便可结束战斗。

夜摩天出刀，未碰上光杆。杨长子已身僵，一支剑飞插在后背，力透竹甲。文散春的剑。

一千三百年前汉朝贵族的马战用剑，双短剑模式，两鞘并列呈方形，碍手碍脚，挂于马鞍上，无法佩腰。文散春是系在后背，不解下，不能落座。

剑鞘是陈腐木质，嵌六块宝石做饰，应是石块冒充。另一支剑刺在杨大官人肋下，文散春离座，抄起根被打落的梢子棍，击头扫腿，连倒数名打手，战局留下了。”从杨长子手里接下的东西，模仿军队铜印的造型——坐主杨家的权柄。

六

官道消息传入六朵城，留守的相扑男当即备马车。他们比女人能打，但参战，杨家也会提升武力级别，所以弃用。

以弱胜强——保持弱者地位，才能跟强者一争。弱者最大的武器是强者的自尊，十方谈笑间将仇杀改为赌局，并让杨大官人认下一个服输退走的方式，不愧是大娘级江湖人。

杨家父子毙命，赌局又成仇杀。相扑男认为十方明智，绝不会自毁，定在谋图别的，所图必大……相扑男一直看不懂相扑女，他们是两类人。

女子相扑社是家庭终老制。都是人贩子手里买下的女童，姐妹般长大，因练功和吃药，无生育能力，短短一生，彼此照顾着前后脚死去，没有退社之说。

给女人配戏的相扑男，是流动雇工，从男子相扑社淘汰下来的。女子相扑是假摔做戏，卖眼球性感。男子相扑社一次开演摔六场，前三场可做戏，后三场一定真打，后三场叫天场、地场、人场，天地人是神圣概念，不能作假。

暴力比性感更吸引看客。男社赚钱比女社多，内部竞争比女社烈。年龄大后技术一差，或犯了偷钱等害群事，立即开除，别家男社均不会接受，只好投奔女人。

入女社要发誓，犯了恶习或体力衰了，会知耻，奉还被褥，自觉离开。女人欢迎新来男人，给十天“新鲜”。十日里，哪个女人门口摆上落地灯笼，便可进去睡她。

十日过后，兄妹相称。她们喜欢跟男人逗趣，不很喜欢性。许久没有，会想。有了，会烦。

她们在山里死尽，角抵社资产便归他们了吧？相扑男无人动此念。城里人眼中，他们是受恩于女人的卑贱男子，女人蒙难时该去赴死，活着可耻。

相扑男坐上马车，个个手持木槌，明显的拼命架势，上街后赢得啧啧称赞。看马车出城后奔驰起来，守门士兵喊了声“好汉”。

八日后，被风吹脏了的相扑男终于追上，见杨家打手围成圈子，应已堵住十方，忙下车号叫：“大娘莫慌！我们来啦！”

打手们纷纷回身叫他们安静：“谈事呢！”相扑男道歉，缓步挤进打手堆里，一起看。

相扑女仅剩三人。十方体力耗尽，不能再打的样子，卧在文散春怀里。打手们不冲上，因为他们坐的台阶，是一所朝廷兵工厂，粟特士兵站岗，立着“六朵路杂造局”的石碑。

杂造局负责兵器的制造、修理、派发，须建在交通要道上。此杂造局隐蔽，距六朵城不出十日路程，向导们却不知道，如不是文散春带女人山中乱窜，不可能寻到。

难道是造火器的地方？汉人本有火器技术，元朝建立后，不让汉人再染指火器，多些年头，下一代汉人便全不会了。

门里出来位女官，粟特人相貌，向杨家打手喊话：“民间纠纷，民间自理。不要出人命，出了人命，把地洗干净。”返身回门，粟特兵持长矛逼文散春等人下台阶。

看急了打手后面的相扑男，大叫：“借过借过，我们是那一方的！”打手们分开，放相扑男到中央，一顿叉铲砸下，尽数打趴。

已是杨家首领的速儿，避眼不看。她披鲜红大襟，发髻扎深红布条。汉人礼俗，着红亦是戴孝，表明血债未偿。她身后坐四位杨家长老，军人气度，亦着红衣。

文散春几人出了台阶。前队打手们准备冲上，后队起了骚乱，夜摩天牵骆驼出现，快刀劈手，打落数杆盐叉。

天郎在官道上看鱼，给十方打伤脸，一只眼停不住泪，无法战斗。捂手帕走上，劝夜摩天收刀，不要毁了自己“只比武，不介入江湖事”的约定，否则之前比武结下的仇人都可向他复仇。

夜摩天：“我是回家。别挡路。”

女官闪出门，认出亲人的喜悦。夜摩天行礼，右手按心口，左手从眉心推至帽檐。绝非汉人礼节。

真是他家？

天郎让路。夜摩天踏上台阶，问十方：“到家门口了，不进来喝碗茶？”

十方大喜：“喝碗茶。”

敬畏朝廷机构，天郎跑回速儿坐处，向她身侧长老们请教：“夜摩天算不算毁约？”

长老们商量后回答：“请朋友喝茶，是人之常情，不算管江湖事。放他们后门逃了，才是毁约。”欠身向速儿致敬，“东家，进下午久了，大伙儿没气力了。”

东汉之后，皇帝面南。东汉之前，皇帝面东。民间尊前礼，请客吃饭时客人面西，主人面东，称为东家。

速儿持权柄，下令：“搭灶开火。”

打手欢呼，空谷回音，若万马千军。

七

官道之后，夜摩天的看人兴趣从十方转向文散春。杨家打手是旧日军人，专业的围追堵截，每逢绝境，女人们要靠文散春灵机一动想法脱险。

被逼得动脑子，他常发火。看得出十方更爱他了，追击不紧时，两人还避开众女，钻树丛缠绵过二次。

夜摩天知道，江湖经验在军事技巧前是儿戏，脑子聪明逃不了八日，文散春的焦躁是做戏，掩盖他对山区作战和军队习惯的熟悉。

他原是军队上的？难怪之前江湖上无任何信息。按他才智气派，至少是领兵五百的军官，不知犯了何罪，贬落民间。

此地山形，夜摩天熟悉，是他自小生活的地方，五岁来的，十五岁离开。六朵路杂造局，是蒙古军在南方最早的杂造局，早于大元建立前二十余年。那时蒙古军南侵失败，攻占的大部分城池被大宋军抢回，战利成果只剩下六朵城，守住则需驻扎军队、建杂造局。二十余年里几度要放弃，终于等来蒙古大军重来的一天。

比刀之约，文散春定在六朵城内，杂造局在城外山里，有段距离，算是两个地方。夜摩天忍着心慌去了。

不料还是到了这，该重逢的人，躲不过。女官以地为名，叫作六朵，五岁入杂造局时，他见到的第一个小孩。她劝他："见了我，你就别哭了，我也无爹娘。这里有许多好玩的。"十五岁，她发现了个好玩的，让他成了她第一个男人。

夜摩天和六朵是杂造局总督收养的孤儿。总督是一把手，其次是监管与副监管，此三职汉人不能担任，只能是蒙古人或是给蒙古贵族做过二代家奴的中亚白人。总督是湖蓝眼的粟特人，第二种情况。

离开多年后，夜摩天发现自己不知总督名字，人总是忽略自己熟悉的人，从小随着别人喊他“安达”——蒙古语，真正的朋友。

六朵路杂造局造火器，蒙古军西征掳来的中亚工匠，已在局里繁衍一代，一直不雇用汉人帮工，为保持人数，下一代将跟突厥女人混血。

今日厂区不见工匠。六朵解释，听闻汉人皇帝的御用厨娘来到南方，安达请来慰劳夫人——夜摩天在时的夫人已过世，去年娶了新人，刚怀孕。

她死了？她脸漂亮得让人不敢看，走近了，似来了一匹狼。她有狐臭，五岁到十岁的夜摩天，是跟在她身边提炉熏香的侍童……

六朵说，正一品规矩大，灶台要开在杂造局正中央，聚天地灵气入菜香。正中央是主厂房，只好停工。

总督兼神职，大炮造好后，由他安装炮筒上的金属饰片——龙头、鳄鱼头、牛头、牡丹、蔷薇、向日葵等花样。装上饰片，大炮便获得生命，人一样上战场。

安装金饰是神圣行为，要在高台上，两旁有运炮上下的滑道。高台下现搭了三排灶台，一排六个火位，架起两排长桌办配料，二十位帮厨忙活。

高台上砌了座独火灶台，官道上骂人的女童陪着正一品。为免落发丝，她以纱巾兜住高髻，裸着脖颈双臂，凝视笼屉钻出的蒸汽，名臣大将的肃穆。

正一品要求，为保菜肴初成的鲜气，饭桌离灶台不得超过二十步。安达无奈，将餐厅安排在高台上，搭建木板隔间。夫人未到，他一人歇息在里面。

虽是一夜建成，以杂造局效率，仍做工繁复，门扇镶黑铁饰片，粟特人喜爱的螺旋卷曲的树叶花饰。

闻到人身血腥，正一品回头。夜摩天终于看清她脸，嫩如婴儿的眼皮，微翘的鼻尖。

听到动静，安达开门走出，一眼瞪上夜摩天。六朵叫出夜摩天的蒙古名“支尔哈朗”，安达叹道：“你大了这样。”

支尔哈朗，蒙古语“珍贵的礼物”。他是安达在路上捡的。

安达五十余岁，粟特人特有的红胡子，年轻时暗如瘀血，中年后变淡，老年粉如樱花。记忆里，他和局内工匠都是白人，今日重看，他虽眉高鼻隆，还是汉人的凸凹，他的瞳孔是黑色……为何记成湖蓝眼？

他，就是他，未被冒充。胡子是染的，他是个冒充粟特人的汉人。

双眼如遭刀刺，夜摩天垂下头。

安达好客，要来人都上桌，遭正一品喝止：“一桌菜，最多五人。”菜量小，方能雕琢口味。大份炒菜，只是个热乎劲。

三位相扑女不必上桌。上桌前，需洗浴。在烧木炭的蒸室里，夜摩天身上第一层汗出来，想起过世的安达前夫人。记忆中安达的湖蓝色瞳孔，是她的。

她是真的粟特女人，生不出小孩。她三日进一次蒸室，驱子宫阴寒。杂造局造武器，杀气重，她说是她生不出孩子的原因，安达给她修花园，养孔雀、梅花鹿破杀气。

孔雀和梅花鹿跟她一样，美的动物，走近了腥气。她后来说，养动物破不了杀气，要抚恤孤儿，人对人做善事。

他是这么给捡来的。

她有一堆孤儿，近三十个，养在石头修的大房子里，为避免石头寒气伤小孩，墙面地面上包木板，每人一张护栏床。

地板上，第一次见到女孩的臀。夜摩天来的第一天，管孩子的仆人午睡未醒，六朵指挥几个男孩，扒了一个女孩的裤子，其他孩子看热闹。

男孩女孩都五六岁，男孩智商发育比女孩迟，还是伙笨蛋。对夜摩天，六朵识别出是同等智商，邀他在女孩臀上拍一掌。

夜摩天拍了，留下个紫印子。女孩哭声大，来自欧洲亚洲交界的黑海，金发人。

孩子的集体如此邪恶。他吓着了，为不示弱，拍出这掌。六朵对他满意，定他为自己打扫卫生的下手。

夫人认为，孩子要勤快。他们每日清洁住所，劳动时间是早餐后。上手干活，下手帮衬。六朵擦桌子，他涮抹布；她洗地，他换水盆。

六朵力气大，越干活越大，每天都欺负人，孩子们怕她怕到十四岁。十四岁的她突然说话慢了，十分好听。过了一年，她要夜摩天当下手，做了男女事。

粟特风俗，死过人的房子不再住，杂造局里有许多弃用的石头屋，她和他在那里。

十年里，没跟黑海女说过话。十年后，她金发长得垂至臀，给自己挑了个男人，一位三十多岁的粟特工人，有着迷人的成年人的凶悍。

侮辱他人是比性更快感的事。做过噩梦，黑海女指挥一堆工人把六朵架到厂房，扒了她裤子……

醒后想，真发生，自己该怎么办，抡刀杀人么？

金发消耗大脑养分，黑海女忘了童年事，没有任何行动。他没忘，打她的手一直在。

和大人睡过后，她更美。那一巴掌，是他唯一罪恶。趁她单人时，掳她去死过人的石屋，她沿途没喊叫。他没说道歉话，把在六朵身上学的，用在她身上。

之后，他持刀闯入厂房，将三十多岁的工人砍伤。内心想象，伤不至死。

青春如此邪恶。他逃离了杂造局。

逃离前，向夫人告别。收养的孤儿里，他曾是夫人最喜欢的人。

打黑海女一掌，是到杂造局的第一天。见夫人，是第二天。为保密火器技术，杂造局不能进汉人，听安达捡了个汉人小孩，夫人好奇来看，身边跟着个晃提炉的侍童。

提炉是有透气孔的银盒，里面卡着点燃的香，外系银链，夫人所过之处，要抡个遍。孩子们一日一人轮班做，今日当班的是个回纥小孩。

夫人叫夜摩天来她腿上坐坐。坐上了，夫人笑称他比看起来重，说：“骨头沉的小孩都聪明。你能学会这个么？”指向提炉。

甩几下便顺了手，夫人当即换下回纥小孩，让夜摩天晃提炉跟她走了。

提炉也向夫人身上抡，使香气落衣。他能让提炉最大限度凑近夫人，快碰上了，又燕子般飞开。夫人赞誉：“汉人小孩，手巧。”

他在玩，为免被看出来而闷着脸。之前，他有爹娘，一男一女养的孩子，受不了活在三十个小孩里面，受不了伺候大人。他得玩。

无表情的他，显得格外认真，为让香气多落一点在夫人身上而竭尽全力。夫人赞誉：“汉人小孩，忠心。”

抡提炉，随夫人吃饭，山珍海味。一人一日的轮班，变成十天里五六天是夜摩天去。好吃好喝让他占了，招所有孩子讨厌，所有孩子又都怕他，因为他是夫人喜欢的人。

童年未过，知道了特权。

十岁后，他们不再服侍夫人，随安达学习。先是学刀，他第一次学，让安达惊讶：“你练过。爹娘是江湖人？”

他是安达运送武器途中，路边捡的一个饿晕的野孩子。救醒后，说父母早他饿死。安达没多问，想当然认为是农家人。

安达对了。他爹娘是农家人，在四十几户的小村。五岁时，闹饥荒，草根树皮吃尽，一个女孩来到他家，他被送去女孩家。娘送的他，他偷听过爹娘说话，远方大村子，大人们交换孩子吃。

他狗一样咬了娘的手，狗一样速度跑了。娘追不上，急得哭，背后的声音惨极了……

他抡刀的手感，来自给夫人抡了五年提炉。十五岁逃出杂造局，二十六岁比刀为生，向对手报名刀法，报的是“提溜刀”。提溜，北方传来的土话，晃悠着拎东西。倒是符合他手腕灵活的刀技特征，实则是，“提溜”是“提炉”的谐音……夫人活在他手腕上。

回答安达，爹娘习武，自小学过刀。

安达信了。立他为典范，手把手教他，让其他孩子照着他学。他又得了安达的宠。

十岁的孩子们已会伪装，满脸真诚地讨好他。受宠的感觉很糟糕，夜摩天觉得自己偷了他们的东西。刀法之后，再上别的课程，他开始懈怠。

安达再没捡过汉人小孩，夜摩天是个下不为例的人。安达期望他学好火器制造，他没上心。安达冷淡了他。

夫人还是没生出自己的孩子，有新捡来的小孩给她晃提炉。十岁离开她去上学，到十五岁，夜摩天没找过她，她也没找过他。失宠，让人心安。

砍了工人，安达震怒，领头搜一间间死过人的空房，大喊见了就劈死，全局警卫跟着。趴在屋顶上，清楚看到他们一线人怎么走，杂造局地方大，不单是死人房。安达是不是要放他走?

他去看夫人了。五年了，她身上的气味淡了些，说："汉人小孩，你没长歪，很快会变成个招女人喜欢的漂亮男人。"

打开一面兰花雕饰的墙，一条七百米甬道，沿壁堆垒着许多箱子。装的是金银，安达的私财。大元用纸币，纸币在贬值，只有蒙古贵族可贮金银，民间用会定罪。

既是密室，又是逃路，安达给他们夫妻备下的。真有那么一天，累箱金银得抛下。出甬道，是山里，警卫巡逻不会过的地方。

"别怕山，多转转，能出去。"她取出一条宝石项链、嵌十二朵黄金雕花的镜子给他，嘱咐宝石拆散一颗颗卖，金花折下一朵朵卖，以防歹人盯上。

她："拿它们换你一眼。我临死，你回来看一眼。"

她没说她怎么找到他。出走十一年，没想过，二十六岁，他开始比刀。有名了，足够她找到他。

她肯定找到他了。比刀后，江湖传说他是北方世侯子弟，受贬暂落民间。世侯拥有军队，南方打手忌讳他，不敢暗算。早想到，谎言是她放出，以保他性命。

比刀十一年，她的信使没出现。以为她活得好好的。

八

开餐了。正一品披大襟走入，身后女童撑张牛毛椅披，夜摩天给她的披风改制，扎上了金丝布边。安达诧异厨娘也上桌，正一品答复，厨娘坐主人位。

厨娘是御用，聘厨娘给私人做菜，对皇帝不敬，所以名义上是厨娘做主请客。女童将椅披举近，逼安达让座。椅子上的披物表明地位，自高身份的人出门做客，会自带椅披。

一桌菜不过五人。夜摩天、文散春、十方、安达加夫人，厨娘上桌，便多了一人。十方自觉站起，安达变色，说粟特人待客如敬神，要十方坐。吩咐女用告知夫人不用来了，请正一品多留一日，明日专做一桌给夫人。

正一品回答做不了，带来的料只够一桌，桌上的皆是深山大泽采来，往来行程少则二月多则半年。

句句对抗，是下人间的谈话方式。这么说下去，降身份，安达不再理她，对视夜摩天。夜摩天一直在看他，安达一双汉人的黑色瞳孔里，有着被砍伤的工人、金发垂臀的黑海女、相互嫉妒着长大的孤儿们。

夜摩天开口："我走那天……"

正一品目光扫来，友好温和："桌上摆菜啦，不能再说话。想说话，等汤来。"

皇家规矩，吃菜时有乐师伴奏，说话抢音，不雅。上汤后，乐师退下，是交谈时段。

杂造局外，杨家打手也在吃饭，挖坑生火，铁板烘烤，有饼有肉。

相扑男被反绑于一根长绳上，速儿筷子夹肉，给他们喂食。有人问她会不会真杀十方，速儿回答，继承杨家，得领头复仇，大娘死活，看她运气。

铁板上的肉起了颠簸，山口奔出持矛骑兵。数量不多，八十余匹。天山草场的白马，白毛渗汗后，正午映出金色，夕照下似涌血。

无战壕依托，步兵无法与骑兵抗衡，马队来回冲刺，如案板上刮来刮去的刀。天郎向速儿告辞：“东家，我的命是你的。”官道上被十方伤脸，单眼哭着大步奔出。

泪里不见矛和马，显出那位死于他手的女人——橘红色的千九，刺伤她时，是抱她上床的冲动……

铁矛入胸，天郎肺叶破裂，继而被马踢断颈骨。

正一品的菜，无菜样，仿大宋山水画造型，峰峦叠嶂，江波荡漾。入口甘美，深嚼略苦。

菜过后，汤盅上桌，正一品开口解释：“做的是大好山河，不便过于美味。因为汉人久失疆土。”说完仰头，等叫好的神情。

安达歪嘴一笑，额头生出道皱纹，跟嘴角的笑纹形状一致。以自小对他的观察，夜摩天知道，安达在暗叹不值，想尝皇帝口味，不料请来的是个玩口才的人。

六朵进来，汇报杂造局外发生屠杀。杨家打手尽死，凶徒是一队骑兵，看马匹徽标，是赵国公卫队。

第一代赵国公，刘远春，他一代世侯子弟里最聪明的人，蒙古王子忽必烈的首席谋臣。一步谋划忽必烈挫败诸王子当上蒙古大汗，二步谋划蒙古军灭了南方大宋，忽必烈成为统一汉地的皇帝。

大宋皇帝姓赵，封刘元春为赵国公，表示他家以后领袖汉人，是忽必烈对他的回报。他七年前过世，儿子承位，为第二代赵国公，传说会设计战船、发明火器，聪明超过乃父。

赵国公卫队进杂造局，入餐厅，领头者是位汉人女，蒙古王族着装，六位仕女搀扶。行到依旧喝汤的文散春身前，唤了声："哥。"

文散春半天才抬脸，没了傲气。赵国公卫队挑来虎皮椅披，给他座位铺上。正一品被逼起身，她的牛毛椅披撤下，换上白熊皮，领头汉人女坐在主人位上。

国公座位铺虎皮，白熊皮是蒙古皇室专用。

文散春是化名，"散春"应和父亲名中的"远春"二字，他是第二代赵国公。刘远春有四子，他是最小一个，五岁会削薄木片做战船模型，八岁改良了冻疮药，得父亲推荐，成蒙古军用。蒙古西征曾到欧洲多瑙河东岸，多瑙河，远在天边，有他的药。

受夸奖的感觉，如阳光晒在后颈，痒痒的舒服。他前面有三个哥哥，威武雄强，富于韬略。他只想当个发明小物件的神童，一辈子受夸，痒痒的舒服。

策动蒙古军打南方汉地，真的不该。父亲为了三个哥哥建军功，派上前线。名将品相的哥哥们，轻易死去。研究道教长生术的父亲，未活过六十岁，操持忽必烈按汉法称帝、建国大元后，生下病，床上受了三年苦，拖拖拉拉逝去。

一代豪杰的父亲，死相如街头乞丐，瘦成十岁孩子的体重，塌了鼻梁。

刘家男子只剩下他。还有个妹妹，按刘家渊源，十四岁成太子侧室。太子是她自小熟悉的人，太子名字是父亲起的。那时忽必烈初识父亲，请求为子起名，是蒙古人表达至高尊敬的方式。

起名“真金”，不是“真的黄金”，是佛教观念“真的心”。蒙古大汗继承法，诸王子机会平等，由王族叔伯和战功卓著的将领家族选举，名为忽里勒台。这是草原上通用发音，突厥、鲜卑、契丹、女真都用，意为聚众决议。蒙古人的忽里勒台要回到被称为“老营”的斡难河上游，蒙古人起兵之初的营地。

忽必烈违反忽里勒台，用汉人的太子继承制，自己一人指定真金为继承人，杜绝兄弟跟他争，屏蔽王族叔伯和战功家族操控他，把他交给了刘远春。

蒙古小孩十岁上学，真金拜父亲为师，一月里有半月在刘家，等同养子。他是确定无疑的下一代大汗和皇帝，谁教化了他的脑子，谁便掌握日后的草原与汉地。

忽必烈给父亲的真正回报，不是赵国公，是汉人天下。汉人失去北方百余年，北方由契丹人、女真人、蒙古人轮番占据。异族统治令北方汉人异化，契丹人曾建立辽国，蒙古人称北方汉人为“辽人”，活得像契丹人的一支。

蒙古人过不了长江。南方汉人的守城技术和庞大水军，迫使蒙古武力转向，西征中亚，远达欧洲。

活成异族的恐慌，令北方汉人急于打破跟南方的隔绝状态，家有军队的世侯们想出一个危险的复国之法——帮助蒙古人强大到可以打下南方汉地，统一南北后，再用南方纯正的汉文化，汉化蒙古帝国。恢复文化，等于复国。

忽必烈是蒙古人中口碑不佳的一个王子，没有继承大汗的可能。他明白汉人世侯们的用心，情愿交换。果然，只有汉人能帮他，倾北方汉地的人力财力，打了四年内战，降服草原上的兄弟们，当上蒙古大汗。太子送入刘家，为兑现承诺，还汉人一个天下。

年轻的忽必烈是个“唯我”的人，认为人只有一生，求一生辉煌。蒙古帝国日后怎样？我已不在，与我无关。

年老的忽必烈又活成了蒙古人，像所有蒙古老人一样，想到子子孙孙。刘远春死后，他没了束缚，大量任用中亚白人填补官场，冷落汉人世侯子弟。

他还追求一生最后的战功，要吞并汉地之外，那些远在伏尔加河、波斯湾，名义称臣实则独立的蒙古诸王的地盘。打仗的钱，由汉地出，中亚白人当官后，主要是索钱。

真金太子像个世侯子弟一样被冷落。名义上是大元的军事统帅、首席财务官，实则除了有权看机密文件，并无军权和财权，不能任命任何官员。

中亚白人掌权后，南方汉地未能改变北方，开始异化。一座座南方名城，变得像波斯湾古镇。

世侯子弟们希望文散春重演父亲当年风采，一番话折服忽必烈，令其遵守承诺，重行汉化。

忽必烈十岁，已受汉化，那时还人在草原。蒙古王室给他聘汉人老师授课，规定他学汉人的聪明，不学汉语。王室成见，说了汉语，会忘记自己是蒙古人。他学波斯语，中亚诸国的王室皆说波斯语，蒙古王室遵从此标准。

为何波斯语不会让人忘本？王室没有解释。

他有了越来越多的汉人老师，长大后有了越来越多的汉人幕僚，都需要翻译，直到刘远春出现。父亲说一口纯正的宫廷式波斯语，见忽必烈前，四十天练就，真是聪明。

直接交谈的欢愉，令忽必烈一见之后，留父亲连谈了二十余天，定下交换天下的大计。

文散春比父亲聪明，波斯语三十二天学会。他是多才多艺，不是父亲的治世之能。忽必烈年轻时跟父亲一起修道教长生术，比父亲活得长，像所有七十岁的蒙古老人一样，有着近乎神的权威感。

世侯子弟们改正天下的心愿，寄望于文散春跟忽必烈的一席谈。他有口才，没有对忽必烈开口的自信。日子拖久，他逃了，来到热乎乎的南方。

赵国公失踪半年，国公府由妹妹回娘家接管，对外封锁消息。唉，不该在妓院斗殴，惹来轰动南方的追杀，让妹妹注意。死于我手的杨次子，是我的克星，绝了我的好日子。

妹妹一直未育。文散春妻妾皆具，怀孕即流产。带异族灭本族之国，大不义，刘家该绝后……

太子正室称为太子妃，是位蒙古女子。为躲开战功家族，挑选的贫家女，十五岁还在草原上挤牛奶。妹妹叫刘纯想，是仅次于太子妃的良娣（第一侧室），三品官待遇。

女儿像父亲，纯想良娣继承了刘远春“视万物如刍狗”的名士气派，一双冷静透亮、看穿荣辱的眼。刍狗，草扎的狗形，祭祀时摆上供台，受尽恭敬，祭祀后扔了，贱如垃圾。

文散春知道，在她心中，自己也是只刍狗。此生富贵，是父亲给的，没了赵国公名号，什么也不是。唉，南方半年，终于活得贱如垃圾。我的快乐，她看不起。

一见纯想良娣，安达便气弱，谦卑恭顺。查哥哥下落，她查清了六朵路杂造局的底细。

造火器，公认的废品率高，把好的当成废品，便可不上交朝廷。扣下的火器，先是走私过境，卖给南方大宋的土豪大户，大宋灭亡后卖给反元的起义军。起义军都是一小股一小股，不懂联合，难成事，不断新生与被歼灭。他们生生死死，安达一直在赚钱。

能当上杂造局总督，是贿赂了一个蒙古战功家族，罩着他扮成粟特人谋得此职。开发了卖敌军火的生意后，更需罩着，赚的钱，自己留三十分之一，其余献给战功家族。

三十分之一，是自利的极限，超越这比例，会招祸。战功家族满意，算上灭大宋前的小二十年，他当了三十余年总督，不升不降，在蒙古军职系统里，显眼地长。

安安稳稳的三十年，难改心慌，总觉有被清查的一天。那一天是哪一天？据说行善可以抵消祸事，他领养孤儿、善待下属，深得爱戴，被称为“安达”——真正的朋友。

受人尊敬，是种享受，曾想断了军火生意，真正做个总督。想过一次，不再想。买卖是他创办的，创办后便是战功家族的了，断了买卖，便断了官位，断了命。

纯想良娣清场，仅留上桌的人，说安达卖敌火器是大罪，要他指控身后的战功家族。安达望向夜摩天，眼里是被亲人出卖的悲哀。

误会我跟她一伙？夜摩天不做表情，把话说清：“我不知情。我是回家。我的刀法是您教的，人和刀听您的。”

闪过一丝父辈的慈爱，安达向纯想良娣恳求。三十年来收养百名孤儿，最小的一拨八九岁，成年的已在杂造局供职，这是他做的善事。行善要单纯，卖敌军火，从不让他们参与。不知者无罪，请让他们保持现有生活。

纯想良娣看安达的眼里，有了尊敬。犯法，需要绝对忠诚的人，施恩孤儿，长大可卖命——这是常人思路。舍此便利，安达非常人。

作为人证，指控战功家族，他做不出，为战功家族殉死，也做不出。他提出变通之法，不当人证给物证，三十年卖敌军火，都留有账目。

三十年，他花销不多，军火上的个人盈利，大部分还在，躺在密道里。这笔钱，作为他对赵国公府的孝敬，换他和新婚夫人二人性命。

纯想良娣："你行过善，善有善报。天不报我报，钱我收了。"

安达舒口气，文散春慌了脸。所谈是秘事，十方、正一品、夜摩天三人还在桌上，按妹妹秉性，不回避，是已视他们为死人。谈话结束，即处死。

注意到哥哥，纯想良娣笑了，未嫁姑娘般纯真的美颜："要杀的不单是眼前几个，还有整个杨家。已派人去扬州，杨家霸道日久，绝户是报应。"

以杨家违抗皇命的名义。招西方异族填补汉地，是大元国策。年初，忽必烈下令禁绝汉人的道教，道观划归吐蕃人、波斯人所有，任意改作别用。杨家在扬州有二所道观，捏造其抗命不交，家丁殴打官吏，便可派兵剿杀。

父亲也是这么办事的，文散春：“能否变通？”

纯想良娣现出父亲眉眼：“赵国公民间浪迹，传到朝廷是笑话，你遭轻贱，还怎么办大事？怜惜杨家人命，你就发愿下辈子挨千刀，做猪羊还吧。”

女人厉害，安达白了脸。文散春说十方是他女人，夜摩天是他朋友，要保二人性命。第一次听到有人说自己是朋友，夜摩天抬起眼。

文散春跟妹妹说话，像跟家长抗争的小孩。蒙古习俗，男孩不得无礼，女孩可以指责长辈错误，出嫁前会有一段管家的时光。刘家理想是汉化天下，自家生活却多处蒙古化。纯想良娣出嫁前，管父亲的大小事，哥哥们犯错，父亲不当面说，都是她代为训斥。

自小的权威，她驳回求情：“结亲相扑女、比刀赚钱，二桩下贱事，必得抹了。”指敲桌面，表示话题结束，吩咐安达去取账本。

账本取来，装二个衣箱，记录得全。还有副本，大宋科举考试作弊的小抄技巧，针眼大字迹，密密麻麻抄写在一条牛皮腰带上。纯想良娣赞一句：“安达心细。”

官升三级的喜悦。安达对自己的反应倍感羞耻，再次感慨女人厉害。

收下账本，她表态，账本用途，为日后要挟，现在她不想树敌，所以一切照旧，安达还是总督，随身警卫换成赵国公府的人，不许潜逃。

她：“你的钱，我收了，心疼吧？”安达说不心疼。她：“你心疼。我不要，还是你的。”

要挟战功家族的伏笔，日后落实，她会遵守跟安达的前约，不当人证，放他逃。唯一变化，是出密道时可带上密道里的钱。

她说她有很多这样的伏笔，到了需要落实的一天，说明赵国公府运衰，已在拼死挣扎。杂造局的伏笔，她应该永不会用，安达当总督将当到命终。

起身行礼，安达服气，她是比自己更会谈判的人。刹那妄想，她代自己跟敌军交易，三十年盈利会翻倍……

再次行礼，安达指向夜摩天：“请饶他一命。江湖上不会再有夜摩天，他只是我收养的孤儿支尔哈朗，从未出过杂造局，余生也不会走出杂造局半步。”

我如此次要，原以为他俩大事谈妥，不会再谈我，对于安达，我可弃掉……

眼有潮意，夜摩天起身：“这个活法，没意思。”不顾安达，向纯想良娣言：“我无罪，罪人般处死，我不服。”

大事已妥，纯想良娣没了说话兴致，斜眼问他要怎么样。夜摩天说自己靠比刀赚钱，她口里的下贱事，想领教国公府勇士刀技，比刀赢了他，他交命。

纯想良娣：“你赢了呢？放你走？”

“没想赢那么多，您要杀人灭口，不会甘休。今日走了，你可选人再比。我输了交命，赢一天活一天。”

纯想良娣重开笑容：“你倒不贪心。”

九

选出一人，国公府卫队队长，夜摩天速胜。

队长直冲而来，在他的观念里，夜摩天也该对冲。谁想夜摩天转身。看着可任意劈砍的后脑后背，队长有半秒选择迟疑，小腹当即中刀，接着双脚挨砍，不能再战。

队长是职业军人。战场上编队作战，敌我双方必须面对，无回旋余地，只剩速度劲力的较量。民间比刀，因有预备距离，假动作成为关键，反应一失误，速度力量无用。

夜摩天骗了他。慑于朝廷武士的威名，原以为自己危险，不料轻易。继而提出再比二场，赢十方和正一品二人性命。

更改前约，临时加码，自己亦感羞耻。不料纯想良娣答应了："不用比啦，人你带走。我会从江湖刀客里选才，再去找你。"

她看出端倪，军人经验赢不了他，对付他，得用同类。做大事者，皆思路简明。她不跟弱者纠缠。

辞行，夜摩天问安达："当年，我好像不是您一直喜欢的小孩？"

安达："是的。你招我讨厌了。"

夜摩天持刀柄碰了一下安达腰刀刀柄。不是粟特人礼仪，十岁学刀，安达教的刀礼，刀客间表达感谢的方式。学刀时，他是安达最喜欢的小孩，偷偷告诉，是汉人刀法。

杨家死尸在后山挖坑焚烧，清理战场的方式。人体本是燃料，混一点枯草做引火，火苗会钻到人体内，蚂蚁食象般慢燃，二日后止火，人形还在，白如海上浮沫。

人形一碰即破，里面是褐色骨头，研磨后是极其明艳的红色颜料，做妇女唇红，价格高昂。

在六朵带领下，十方寻速儿和相扑男尸身，大坑里见不到火焰，热度让人走不到坑边。隐约看到速儿，紧握杨家权柄，躺在相扑男尸体中间，女人出嫁般镇定端庄。

不确定真看到她，或许是脑中幻象，十方落了泪。身后响起文散春声音，跟夜摩天说："我跟你比刀，赌这女人。"

他跟来了。

夜摩天抽刀即回鞘，刀光一闪，算是输了。学夜摩天跟安达的样子，文散春刀柄碰了下夜摩天刀柄，男人间的谢意。

夜摩天问十方给了他，不怕让妹妹杀了？他说人是比刀赢的，杀她要先赢他，国公府武士谁敢赢他？

暗祝她有了归宿。夜摩天离去。

十方话响起："赵国公，贵贱有别，你我无缘，我不想了。"文散春说会履行婚约，十方："论贵贱，是给你面子下台，你人不行，别想了。"

文散春冷笑，一直想活得轻贱，轻贱到来，却如此难受。三名相扑女留下，火停后拣速儿和相扑男骨灰，她追上夜摩天。

杂造局，难以离开。夜摩天去看二十二年前被他伤害的黑海女了。二十二年，没觉得这么久。

她在杂造局的任职，是看管安达新收养的孤儿，正陪着伙孩子，堆沙子玩。从小觉得她有点傻，傻的人，不易老。她抬头，差不多还是当年的脸。

六朵在旁介绍："支尔哈朗。"夜摩天旧名，珍贵的礼物。她笑了，眼角无皱纹。

从小在孤儿群体里受欺，让她青春刚到，即挑上个体大一圈的工人。工人睡女人狠，打骡打马一般，她是受保护的快慰。

工人遭夜摩天刀劈后，伤未好，揪她上床，睡过一场，不久便死了。她又找上别的工人，许多工人。她不找一块长大的孤儿男孩们，后来，也找了。

她没被人娶过，生过三个孩子，没男人认。二个夭折，一个长到十五岁，刚当上工人。怕他出事，求安达别让他接触火药，做了锻打箭尖的炉火匠。

她的金发少女般浓密旺盛，还是长垂至臀。她命不好，老天不忍心将她的美减去分毫……

眼疼，抹脸，手并不湿。该有颗泪，唉，没有一物可偿还她。她傻傻笑着，不知有没有认出他。

劫掳她的那个下午，阳光刺眼。在死过人的空房，怕他撕坏她衣服，她利索脱光，老实得像站在河水里等主人洗刷的马。

她的衣服，是工人给她买的，她有过的最好衣服。跟工人一样，她跟夜摩天有高潮。之前六朵跟夜摩天，是少女少男自发，不知此事。看她夜狼般哀号，树冠受风般摆动，吓坏了他。

怕过后，觉得这是自己遇上的世上最好的事。为保住这好事，他闯入厂房，劈了她的工人。如一个梦，血溅出，才梦醒。

夜摩天出逃不久，六朵也会了高潮，跟黑海女一样，找过许多人。孤儿无父母之爱，长大后要从异性身上加倍补偿。

她固定不在一个男人身上，忽然很想夜摩天，曾寻过。她受不了人多，南方名城里挤满人的大街，阴险可怕。她很快回来，在杂造局里称王称霸地活着，再没出去。

她继续找男人，到下一拨孤儿成年，睡到他们里去了。

孩子夭折的事，在黑海女身上发生二次，六朵动了善心，去看望。自知打小欺负她，想留了礼金就走，不料说话说到晚上，夜深后还想说。黑海女留她躺下，同被而眠。

女人和女人，竟可发生和男人一样的事。六朵身体不听话，反抗无力，第一次体会到被人欺负的委屈。事过，问："你是报仇么？"

黑海女摇头："天上打雷般，突然喜欢你。"

从未有过的彻底满足感，六朵蒙了。老天怜惜，给的奇迹。她俩的滥情史停止，固定在彼此身上。

黑海女没有话，夜摩天告辞，她给出一个紧密的拥抱。跟青春时一样，她的乳房是热的。

滚烫灼人。

出了杂造局大门，六朵不再送，顺手掏到夜摩天两腿间，用力一握。强烈的难受。

多年苦练武功，未防住她这一手。她喊夜摩天抬头，给出个笑脸，松手，迈着称王称霸的步态走回大门。

十方和正一品在旁边看着。夜摩天牵上骆驼，带她俩走了。

正一品的厨师班底还跟着她。一路无话，上官道后，正一品问可否放她走。夜摩天解释不行，她是他赌来的，离了他，纯想良娣可杀她。

正一品用了夜摩天跟纯想良娣说的话，说这样活着没意思，死了认了，执意要走。猛地伸手掏来，惊得夜摩天退步。

她是虚晃，收手说，她是学六朵向他告别的样子，以为是特殊礼节。夜摩天冷脸，回答不是。

十方大笑。

听她笑起，正一品得意，回头对笑几声。向夜摩天解释，厨娘职责，不单是做菜，上汤后要讲笑话，引领话题。一路上，走得沉闷，她职业感使然，想活跃下气氛。

夜摩天：“敬重你，能否免了？”

她：“免。”

王者风范，似赦免臣子罪过。十方再次笑起，如水溢出，盛不住的笑。看她样子，夜摩天忍了正一品。

十

天下之大，想起纯想良娣的脸，便觉无处可逃。夜摩天无意去深山荒境，选择去扬州，方便她找到他。

得正一品赞同，扬州繁华，够死前享乐。她遣散班底，按行规，之前盈利班底分四成，班主分六成。世行纸币，千金银两，随身可带。

途中大雨，入宿客栈。夜半，她敲夜摩天门，外出淋了雨似的浑身打战。她衣服是干的，夜摩天放她进来。

不敢想，她没经过男人。事过，她猫一般跳起，为床铺未染血而“唉”了一声。靠上她，袭来股无形之物，晨气般沁入肺腑。

被搂着，令她难受，一会儿后说：“躺不住了。”穿衣下床，临出门，弯腰指地，又“唉”了声。

严重地不快，夜摩天睡去。

次日醒后，看她指过的地面，二片铜钱大血迹，干成褐色。她落下的？

还是大雨，上不了路。敲门声起，十方红脸进来，跟他说正一品。昨晚，正一品和十方同房，引领话题，讲了半宿笑话。十方脸疼得不能再笑，正一品问起她和文散春的床事。

说上了，不觉得对他有恨意。正一品突然下床，愤愤穿衣，夺门而去。夜将尽，室生微光，她回来了，上床搂十方，硬得似冻僵。蹭了十方满腿血。

厨娘名义上也是皇帝的女人，最低一等，可以宠幸，但罕有这样的先例。蒙古灭南方大宋时，大宋皇帝还是个四岁小孩，难抱指望。

男女事，她知道。随皇帝从南方被掳到北方，途中有个押解的军官上马车，擒住个厨娘造次。事后，厨娘们要求那厨娘，你已破身，为保护姐妹，再有军官上车，你要迎上。

如果上车的是多个军官，怎么办？厨娘们抽签，选出三名后备，正一品不幸抽中。

想到要迎上，正一品难过了二天。此事没发生，蒙古国策，对大宋皇帝要礼遇。造次厨娘的军官被斩首，再无人敢上车。

皇帝到北方，住进蒙古大都，刘远春为忽必烈营建的新城。厨娘分配，二人一屋。同屋的厨娘，在皇帝七岁时，跟一位侍卫私通，他们没别的地方，侍卫半夜摸进屋。为防被发现，正一品不能出去，忍在屋里。

知道正一品难过，同屋厨娘表达，侍卫可睡她。

她没让。

她，杨大官人和安达都怀疑的骗子，真是皇宫厨娘？

十方撩开裙摆，大腿染红，正一品落的。相扑表演，裸露比这多。十方告诉，不能再去扬州，亮相等杀。他现今是一个有女人的男人，为了正一品，要逃生。

想到失信于纯想良娣，夜摩天叹口气。

雨水消灭踪迹，三人冒雨出行。行上官道，十方告辞，说她有个逃处，够她一人用，无法带别人，对夜摩天言：“你是江湖人，你该有你的逃处。”

夜摩天说他有。

十方披蓑衣，稻草人般远去。

我的逃处……

十五岁逃出杂造局，拎着粟特弯刀，回过家。凭残存记忆，翻腾三月，找到吃小孩的村庄。

夜摩天岁数的小孩，已吃光，村里跑的是新一茬小孩，活泼健康。他的归来，引起全村大人恐慌。

他父母生了新小孩，五岁样子，跟夜摩天眉眼像，一看便是兄弟。夜摩天抱住弟弟，哭了。父母在旁边看着。

他没话，住下来。母亲明显忧愁，一年后，死了。他知道，天天在眼前，自己逼死了她。一年里，他干农活，青天下弯腰，当是向黑海女和挨砍的工人磕头赎罪。

母亲死了，父亲没事。一日，弟弟扛粟特弯刀来田里，说：“哥，你走吧。”弟弟听到，父亲找村人要除他，晚上睡着后大棒子打死。

他逃了，躲在不远的山里，重练安达刀法。刀法易成，练熟了，他会回去，杀光村里大人。他发誓带领所有小孩，建一个无罪恶的新村。

常感孤独，其实从未一个人活过。二日后，他饿得活不了，潜回村，向弟弟要家里存米。米袋，父亲看得严，弟弟不敢拿，给了他一袋晒干的枣。

“哥，你不走么？”

他没答。弟弟问他住哪儿，他片刻犹豫，看弟弟的脸，是自己五岁离村的样子，他说了。

隔道岭，有座被村民毁了的和尚庙。以前有和尚，饥荒时村民抢庙里存粮，给杀了。饥荒过后，村民拆庙的砖头盖自家房，剩下几道土坯墙。

那地方，没人去，村民说闹鬼。夜摩天知道，是亏心。没有鬼，没有狼嚎，这是片乏味的南方山岭，没野羊野鹿，引不来狼。

幸好是枣，拿了米，怎么弄熟？干枣是过冬用的，饥荒时吃四颗，能挺过一天。弟弟给的口袋，装二百颗。吃到四颗时，忽然嘴馋，连吃下十颗。

练刀三日，身上臭不可闻。四日晌午，夜摩天停刀休息，不知怎么想到了鬼，下意识看身后，一条黄眼灰狼匍匐而来。

它要偷袭，被人脸正对，害羞般扭身，窜入最近的草丛。夜摩天跑到最近的山壁下，背靠石面，刀护身前。

不敢逃，露了后背，狼会袭上来。五十步外，是庙的残墙，可见装枣的口袋。

天黑了，狼未现身，可闻到它的臊气。夜摩天困得自抽一记耳光。草丛晃晃，似吓着了它。

偷眼望天，看到银河。农村习俗，不让孩子久看银河，抬眼便要低头，因为一个个亮点是一个个神仙。

银河之美，吸住夜摩天，低不下头，心道“坏了”。更坏的事发生，眼泛白浪，睡了过去。

能听到自己鼾声，能知道在做梦。梦到十三岁时安达带自己去听刘远春讲经，听到经里的“夜摩天”名字，那时自己是安达最喜欢的小孩。

那时，蒙古军南侵失败，攻占的大部分城池被大宋军抢回，只剩一个无价值的山区小城——六朵城。蒙古军转而西征，连灭中亚数十国。赢得顺手，掠财丰厚，蒙古王公达成共识。蒙古的荣耀在西方，南方非正途，六朵城当弃掉。

渴望南方汉地的，只有北方汉人。刘远春保下六朵城兵力，为表达南侵的意志，每年到六朵城外十二里的大觉寺，给驻军将领和杂造局官员讲佛经。

宋朝流行文人讲佛经，寺庙欢迎。讲的是《华严经》，华严即花饰，繁花拥护的经典。经中一段，是佛受夜摩天天主邀请，在夜摩天天宫所讲。

夜摩天，名字好听。夜摩天，人间之上的第三重天，只有夜摩天天主一人，夜摩天众生、请佛讲经的宫殿，皆是他心念的幻化。

刘元春讲，人间亦如是，只有你一人，他人他物都是你想出来的。相由心生，眼前所见的一切，皆是你内心的外现。

听到这句，十三岁的夜摩天看向安达。他的存在，因为我想有位值得尊重的父亲……

刘远春身前，放一百个水晶球，指示为是人间真相。每一个水晶球上都映现九十九个水晶球，每一个人都是全部人间……

十六岁的夜摩天骤然惊醒，黄眼灰狼直面而来。狼的腥气，似乎熟悉，淡些便似安达死去的夫人。

她是唯一长时间看他的人，在她注视下，五岁的他将提炉抡得神乎其技，撞到墙壁、铁器的刹那，燕子般回返。

她的瞳孔湖蓝色，美得他不敢看。一日她说：“向我飞。”他照办，提炉沾衣即返，没打到她。

带给她极大喜悦，之后总喊他这么玩，一玩便很长时间，他没有一次打到她。因为她，懂了工人们唱的粟特歌词“宝石一样的人”。

宝石一样。准确的词汇。如他的手一样准确。

狼牙临近，他张了眼，身体仍睡着，抬不起手中刀。顺着他的眼，狼望向银河。点点星光吸住它，它的头跟他一样，再不能低下。

太阳升起，夜摩天醒来，地面并无狼足印迹。它是我想出来的？他吃了枣，继续练刀。狼出现过两次，悠悠走过，夫人的步态。确定是幻觉。

次日，山壁下练刀的夜摩天，听到弟弟喊“哥哥”，惊惧至极。庙的残墙下，狼在窜。弟弟攀在墙头上。

他也是我想出来的？不能原谅父母对我动过恶念，想有个好心的亲人，于是想出了弟弟。

曾怀疑弟弟。拿了弟弟给的枣，回残庙，吃到第四颗，突然想到，根本就没有父亲找村人杀自己的事，弟弟想成为家里唯一的孩子，编了这事，逼我走。

恨得想回村砍弟弟。吃到第十颗，断了恶念。杂造局相互嫉妒着长大的孤儿集体，坏了他心。

狼是我想出来的，是那天要砍弟弟的恶念幻化。夜摩天上前，一刀捅进狼腹。

如一个挨打惯了的孩子，没有挣扎，狼倒下。死得轻易，正是我想的……

上次回家，弟弟问他躲哪儿，是盘算给他送饭。七日里，逃过父亲眼光，吃饭藏一半，攒下二十个窝头。

我想出的亲人，这么好。

带上二十个窝头，夜摩天远去。

一路南游，住过一座座城，卖夫人给的项链宝石、镜子金花过活。活着，为验证“世间万象皆是我心所变”。

诸多小事，随心即变。夏日里想下雪，似雪的柳絮飘过。想在路上捡万两黄金，送殡队伍吵闹而来，撒下满路的纸钱。

世间是我，我是世间。自问自答，全有应对。

身体年轻，旅舍有卖夜的女人。她们都是他想出来的……后来，他不再这么想。她们是她们，他是他。

有过一次眷恋，他没本事带走她，她也不喜欢他。无论他怎么想。

人间非我心。狼是受银河光荧蛊惑，而不吃他。一刀杀狼，不是奇迹，是他连日练刀的成果。

不再想杀村人，仍一直练刀。二十六岁，卖光了宝石金花，过上比刀赢钱的日子。又试过刘元春在大觉寺的讲话，对手是我想出来的，想赢便赢。二次被砍伤，不敢再这么想。

既然弟弟不是我想出来的，有别于我，那么，弟弟是我的逃处。三十七岁的夜摩天如此想，带正一品进山。

十一

父亲老了，不记事。弟弟孝顺，每日带他遛弯。弟弟娶的是同村长大的女孩，已生二儿二女。夫妻勤劳，盖出八间房，扩大了家……

此上，是夜摩天想象。他没找到十五岁找到过的家。

和正一品站在光秃秃的山顶，想起十方。这种女人不会逃，只会回角抵社，守业到死。还想起纯想良娣，她派出江湖刀客，自己却逃了，她该感到多么无趣。

夜摩天问正一品："回城里去吧？"她说好。这是她唯一的一点好。

未到六朵城，路上已知十方又开办比武招亲。城门口是消息传播处，各路闲人的嘴里，听到文散春。他终去与忽必烈一席谈，获罪身亡。

公爵之血，不染大地，他被裹在毯子里闷死。毯子不再打开，裹尸送往蒙古人发祥地——斡难河上游，以古代蒙古人安葬部落酋长的待遇葬之，忽必烈还是礼敬刘家。

刘元春一生努力，尽皆幻灭，只为儿子争下块毯子。真金太子同时病逝，举行四十日度亡法会。修习喇嘛教、年已十五岁的南方大宋皇帝受忽必烈指令，参与其中，杂在吐蕃法师里唱经念咒。

纯想良娣由三品官待遇升为一品官待遇，接管赵国公府与太子府。她在太子病逝前落下身孕，如所生是男孩，将有继承忽必烈王位的概率。

闲人的口里，有说太子未死，受贬入民间，成了汉人。入城深了，望见角抵社殿顶，夜摩天忽生狂想：真金太子是否会像文散春一般，去比武招亲，十方是男人的好归宿……

奇怪的响动，不是天际雷音，不是海面风声。没有痛感，夜摩天后背洞穿。

正一品拿支半尺长铜管。大宋发明的飞龙枪，喷射火药与毒剂，大宋时是硬纸管，绑在二米木杆上，离手远才不会自伤，现今进化成铜管，手持无碍。

街面上杀人了，六朵城捕快杜捕头跑来。正一品掏出国公府腰牌，要他管束街面，让路人远离。她是纯想良娣派出摸安达底细的探子，也是纯想良娣口中，将要诛杀夜摩天的江湖人。

难怪，从未对她真正喜欢，因为她的一切皆假。夜摩天笑了：“初次见面，你安排得巧。”初次见面，她遇上流氓，逃到他比刀的场地。

正一品：“是真遇上了流氓。老天让你在。”

夜摩天：“不在呢？”

正一品：“干我这行，命不好。八个月造势，才扮成了厨娘，让流氓糟蹋，忍着啦。”

不忍心问她那晚血迹。她主动说了，是兔子血，灌于皮囊，混进免凝固的药水，和尚刺血写经是一样的药。

拖了许久，今日方下手，是纯想良娣看夜摩天有趣，考虑过收编，做个闲笔，日后不知什么事可用上。朝中生变，纯想良娣不考虑了，城门口的暗哨通知了她。

正一品掏匕首，抵夜摩天咽喉，说不忍心他受苦，帮他了断。夜摩天说无痛苦，已麻木，有些事还没想清楚，请放他多活片刻。

她笑了，说忘了火药里混着毒剂。蹲在一边，铜管在地上轻划，如大人睡觉后不敢走远，就地玩的小孩。

十三岁听刘远春讲经，世间万象皆我心想象……我怎么把她想成这样？

三十七岁，还无心接纳一位女人。否则，进山后便会遇上弟弟，找到家。怀疑她是骗子，本质是心里拒绝她。十方冒雨分别后，剩下他和她，本该庆幸。

当下喜欢上她，千般爱慕，此生未曾有。夜摩天：“想清楚了。”

她愉悦抬头，按下匕首。

死亡，无漂浮感。如早晨醒来，有了另一张脸。睁开眼，见到跪在床下的文散春和纯想良娣，比认识的他俩要稚嫩。文散春面无棱角，一双乖孩子的眼。纯想良娣清秀，还无日后的魅力。

察视自身，瘦成十岁孩子体重的病躯。旁有侍者，他衰弱得口不能言，做手势叫拿来镜子。镜中的脸塌了鼻梁，黄了眼白。这是七年前——大元建国四年，第一代赵国公刘远春的临终景象，夜摩天是他的一念恍惚。

北方世侯间，也有权力之争。刘远春五岁，他家遭其他世侯联手攻击。为停战，父亲放弃了他这个儿子，模仿蒙古做法，将他交出当人质，作为自裁军队的保证。

示弱，招来毁灭。他，未能造成停战。他家地盘被吞并瓜分，父亲被逼当和尚，消失在大山里。母亲改嫁，他的兄弟姐妹投到异族里，不许做汉人。他在一所杂造局当童工，成了粟特人。

因为聪明，得杂造局总督夫妇喜爱，充为养子。三十七岁，他遇上忽必烈，一席谈，获得二千突厥兵三千回纥兵一万汉兵，重新成为世侯。三十七岁，他已找不回父亲和兄弟姐妹，一个人恢复刘家。

面对当年联手毁灭他家的世侯们，他选择宽恕。交换天下的婉转大计，折服了他们。从此，北方世侯再无内讧，捧刘家为盟主。

和忽必烈的友谊，让他得知蒙古崛起的秘密——“杀男人和杀王”。草原上有许多民族，相互抢劫是常态，弱者望风而逃，撇下物品和女人，强者不会追杀。

忽必烈爷爷一代的蒙古人改了此习俗，不受物品女人磕绊，要追杀男人，以灭族为准则。令诸多异族恐怖，主动归降，放弃祖先，改做蒙古人。

草原陈规，杀将不杀王。一族战败，不杀首领一家，杀战将泄恨。忽必烈爷爷宣称杀王不杀将，敢跟蒙古人打仗的战将值得尊敬，归顺做蒙古人，便可饶命，首领一家则要杀绝。

从此，战争稍不利，王者便弃军弃民逃出草原。

蒙古崛起时全民十四万，可打仗的青壮年男子为四万。四万蒙古兵能打遍天下，因为一路收编外族降军去打更大的仗。

四万蒙古兵不断安插在新征服地区，插秧般插完，蒙古军中越来越难见到蒙古人。各族降军继续卖命打仗，无人注意此事，蒙古早期的可怕战绩震慑着他们。

在各族降军的想象中，一旦反叛，蒙古人会骤雨般降临，将自己的种族屠杀干净。不知四万蒙古兵已盐溶于水般稀释在欧亚大地上。

二百条牦牛只需一条牧犬。牧犬死在路上，牦牛依然会沿路走下去，不会骚乱。忽必烈靠大众记忆统治北方汉地，如一个梦。

三十七岁的刘远春利用这个梦，让所有北方世侯臣服，去实现自己的梦——统一南北，汉化天下。

去六朵城外十二里的大觉寺里讲经，因蒙古主力西征，忽必烈在诸蒙古王子中尚处弱势，谈不下搬兵南侵。刘远春来了说不出什么，只好讲经。

大觉寺听经的将领都是汉人，自愿剃成蒙古人发型。望着讲经台下，刘远春曾有一念，希望下面有个汉人小孩，上一代人已异化，只有寄望于下一代人。

或许，这是幻化出夜摩天的最初一念。

临终，想到忽必烈或许不会交换天下……惊得不愿死，体衰已说不出话。一念飞到数年后，在儿子需要的时候，告诉他蒙古军的秘密。

蒙古军里已无蒙古人，统治者的地位是被统治者想象出来的，忽必烈的统治本是空幻，汉人兵力足以恢复汉人天下……

夜摩天，为跟文散春说话而诞生，诞生后便忘了此事。根据刘远春少年做人质、改当粟特人的记忆，自补经历，成了完整的另一个人。

三十七岁，刘远春跟忽必烈成为好友，两人不但一起修道教长生术，还将波斯、印度哲学论辩过一遍。其中一个辩题，历史并不存在，人只有这一代。上帝造世界，也造了人的记忆。

之前的人类历史，并不存在。我们之前，没有汉人，没有蒙古人。眼前纷争，因上帝要看我们做这个游戏。忽必烈没辩过刘远春，同意了交换天下……

成大事者，会强力放弃个人情绪，有仇不报，有怨不言。幻化为另一人，强力消失，不报不言的部分，成了夜摩天。被忽略的情绪如此多，亟须缓和，告知文散春蒙古军的秘密，如此次要。

看着镜中生机将逝的脸，刘远春想起大觉寺讲解“夜摩天”的话语——他不变化，亦不被变化，没有任何物与他匹配，没有任何人可与他为敌。夜摩天里的众生、迎佛讲经的宫殿以及佛本身，皆是夜摩天天主一念幻化。

当年的大觉寺中，看着讲经台下汉人将领们剃成蒙古发型的颗颗头颅，刘远春朗声道：“人间亦如此，皆是你一念所幻化，想出一切物与你匹配，想出一切人与你为敌。哀哉，你在变化，你被变化。”

刘远春合眼，正一品匕首按下。

脱锁连环脚

一

第七十二届戛纳电影节，他在。年过八旬的法国影星阿兰·德隆将领取终生成就奖，一九七八年，欧洲票房惨败之作《佐罗》火爆中国，他被一个十五岁女孩认为酷似阿兰·德隆，有着一样的坚毅下巴，总让他复述佐罗台词：

“你的阴谋差点得逞，但你过于欺压人民，所以现在官逼民反。杀一个好人容易，杀一个坏人就不那么容易。”

他六十三岁，陪一位二十一岁女子来戛纳散心。她搭上的男人与他同龄，雇他当她的保镖，因为四十年前见过他打架，还因他的年龄令人放心。“你不也是这个岁数么？”心里骂着，为钱，来了戛纳。

街上四处贴着阿兰·德隆海报，小女子没觉出跟他有任何关系。海报上的阿兰·德隆是初成名的二十五岁，深眼高鼻、颧骨陡峭的典型白人小伙儿，演《佐罗》时已四十岁，长成五官比例均衡的亚洲面相，令中国人有强烈认同感，在南北方都容易碰上的脸。

新一代女性好多长成白人比例，上身缩短，腿部拉长。她身材健美，一脸晦气，站在海边打了三小时手机，哭和吵嘴。

他得劝一下。她抬脸，左眼下一道皱纹，刀划般深，上午还没有。苹果被划上一刀，便会从刀口腐烂。

暗怨同龄人混账，折腾小孩……她白他一眼，他没说出话，退回原处。

小女子憋着晚上看热门参赛片《好莱坞往事》，有莱昂纳多和布拉德·皮特两大帅哥，纯是白人样，看不出一点华人血统的迹象。有些失落，阿兰·德隆过时了……

此片庞杂，兼带李小龙逸事。众所周知，李小龙六十年代闯荡好莱坞，只捞到低成本电视剧配角，回香港才成世界大名。影院门口的巨幅屏幕反复播预告片，扮李小龙的演员始终戴墨镜，可能眼睛不像。

四十年前，他告诉小女子搭上的男人："你是李小龙——相信这一点，你就会生出李小龙杀气的眼神。"

二

他的家谱可远溯到公元二〇〇年，历代先人参加过官渡之战、淝水之战、虎牢之战、鄱阳湖之战、白沟河之战等“以少胜多”闻名的战役，一千七百年来习惯性站在人多的一方，直到一九四七年的孟良崮战役，二十七万解放军对四十五万国军，他父亲在人少的一方。

终于对了。

一九五五年，父亲光荣退役，转业到国营工厂当保卫科干事，长期掌管五支步枪、两支手枪。保卫科领工厂工资，与公安局联合行动，除了看管厂区财产，还维持附近街面治安，侦缉潜伏的特务。

一九六八年五月，父亲值夜班，抓到一个盗窃食堂冷冻肉的小偷，审讯时使用了唯心主义言论，小偷在转送公安局后告发了父亲。父亲交出存枪柜子的钥匙，被工厂开除，回了家乡，受生产大队监管。

十年后，此事重审，定为错判。父亲已踏实务农，说儿子二十二岁，大得不能再大，希望子承父业，由他回保卫科。

他去了，按父母累计工龄，分到间十六平方米的房，十六平方米之外有独立厕所厨房和一个四平方米阳台。过分大了，他这岁数青年多住四人一间的集体宿舍，结婚者分九平方米单间，几户公用厕所厨房，没有阳台。

考虑他日后结婚，厂里提前发了张双人床，仿苏制式，按一对大胖苏联男女体格标准，木料沉重，脚下余空还能躺一条狗。床头靠板高一米四，并排三门的苏式教堂造型。是五十年代厂级干部配床，六十年代批判官僚作风而弃用，最后一张库存。

知厂里对父亲有补偿之心，和父亲通信后，父亲寄来土特产，让送厂长。厂长早不是父亲当年那位，十年里换了六位厂长，半数入狱。

现任厂长是工程兵出身，有着军人的大义凛然，对他进行了严肃批评："年轻人，你看低了我，也看低了你自己。如果秉公办理，都要换算成私人交情，社会风气就坏啦！"

按农村习俗，他承认错误后，并不拿土特产，开门外走。厂长大喝："东西带走！别脏了我这地方。"满脸黑气，真的怒了。

拎东西出门，感慨遇上了好人，来了好地方。

头月工资，想不到地多，工厂和农村是不一样。三分之二寄给父亲，三分之一留下，准备攒着，每月累积，一年后买个收音机。没攒下来，周日过眼瘾，逛旧电器市场看收音机样式，竟发现角落摊位卖热带鱼，少年记忆，是作为资产阶级趣味而被禁绝。

问小贩多少钱一条。小贩说只卖缸不卖鱼，买了缸，鱼陪送。

"缸多少钱？"

"缸自己做。"递上张纸，画了配材和组装法，解释几句，听着容易。他买了个铅笔画的缸，带回家三条鱼。

工厂里有幼儿园、医院、澡堂……什么都有，到房管科修缮组要做窗户的材料，花二日做出个等床宽、一米高、四十厘米纵深的缸，贴床头靠板固定。

枕头下移，从此脚够到床边。每晚睡觉，顶着一片水，为了做梦能看到海洋……三月后，他买了虚拟的七十个鱼缸，热带鱼增至三十五条，品种越来越高，最高一条值四十六个缸。

引来了厂长女儿，一个十五岁姑娘。为看鱼，她脱鞋上床，待了三小时。嫌他床单老旧，第二次进门，抱来新床单，粉红底色，大红牡丹花图案。

厂长去上海出差买了十条，为厂里年轻人结婚备下的礼物，他在同事家见过。估计她自己拿的，她爸不知道。

不敢不让她铺，晚上躺在牡丹花上，觉着要出事。

次日中午，保卫科接到厂长电话，让他别去食堂，回家等着。厂长带来四个馒头、一碟猪头肉、一瓶昂贵的汾酒。吃过十分钟，厂长问："听说当年你爹转业到保卫科，按规定先去警校受训。学破案推理，你爹费劲；学擒拿格斗，你爹把教官打了。有这事吧？"

"有。"

厂长举杯:“你爹打过孟良崮战役，战场上掺不了假，实实在在的好汉。敬你爹。”

他一口干，呛紫脸。厂长大笑:“你体格不行呀，你爹本领没教你?来，打几手拳看看。”

他汇报，真没教。被工厂开除，家乡人削出三百支操练木枪迎接父亲，正逢号召扩建民兵，生产大队任命父亲为民兵指导员，教授解放军刺刀术，按每日耕二十亩地的工作量计算工分，每月补助四斤猪肉二十个鸡蛋。

父亲抵住政治、物质的双重诱惑，坚守受监管身份，死活不教。对儿子更不能教，不教人民教儿子，等同犯罪。

厂长叹息:“真金不怕火炼，你爹确是好汉。只是耽误了你……你爹不教，我教!”

教的是“飞云脚”，全称“飞云浦武松脱锁连环脚”。评书《水浒》有一章《恶斗飞云浦》，讲武松犯法，解往外地，衙役收了黑钱，走到野山飞云浦，动刀杀他。武松脖子戴枷、手上困锁，只能用脚的情况下，踢死四位衙役，脱身而去。

共四招，踩足弓、踩脚腕、踹胫骨、蹬膝盖，一小时教完。常人为踢腿有力，会上身后仰，伸展双臂维持平衡。武松戴枷，后仰易摔倒，双手锁着，无法伸展。在上身不动的情况下，不好踢出力度。

学会容易，练成难。练成了，出腿隐蔽，百发百中，对手根本反应不过来。厂长将汾酒留下，说明日中午还来，出门时眼含深意："飞云脚还有第五招。我不教，要你自己悟。"

第二日，他没悟出什么。厂长提醒："昨日教的，只能踢断人腿，武松在飞云浦可是踢死四人！怎么踢的？"惊得他叫一声，还是没想出来。

厂长："傻呀？武松踢了人裆。"

说得他满脸通红，厂长惆怅："我学的时候，等师父这最后一句，用了五年。"他不傻，忙敬酒。

厂长一饮而尽："人年轻的时候，太容易出错。"

犯下不可挽回的错误，部队来家乡招兵，选报兵种时看到"工程技术兵"，十七岁的厂长想当然地认为是雷达、无线电等高端技术，比坦克兵、炮兵还有趣，毅然决然地报名。

做了十个俯卧撑、绕场跑一圈，答了家庭情况，便录取通过。奇怪挑选科技人才为何如此轻率。穿上军装，才知工程技术兵是建筑工。厂长建了十年苏式楼房、三年防空洞、五年盘山道，付出全部青春。

飞云脚是修盘山道时一个老兵教的，深山里唯一的生活乐趣。五年后老兵赶赴西藏挖穿山铁道，厂长升为干部调去北京军区。部队工程需保密，无法通信，两人几乎不可能再找到对方，洒泪而别时，老兵说出踢裆秘诀。

厂长陷入伤感："我女儿也会出错。"

"怎么会？"

厂长："会。社会风气不好。"女儿功课不好，未能考上好中学，她的中学小痞子多，听说好看点的女生都已失身。

她属于好看的……吓着了他，忙说"不会不会"。

"会。"

厂长后悔，不该小时候给女儿喝牛奶，以至她过分发育，已有种种迹象，耐不住要发情闹事。为不让女儿出错，跟小痞子混到一起，厂长要求他用热带鱼吸引女儿，耗光她全部课余时间。女儿和他差七岁，巨大的年龄差距，让厂长放心。

“习武人可以代师授艺，也可以代徒授艺——我教了你飞云脚，但你名义上的师父是我女儿。”

厂长还是对我不放心……当即表态，敬师如敬父母，从此您女儿等于我过世的母亲。

厂长满意，钱包里抽出女儿照片：“磕头是封建迷信，你鞠三个躬吧，就算行过全套拜师礼，有了永生永世的名分。”

如对遗像，深鞠三躬。

厂长说身居厂长职位，不能跟任何人建立私交，否则无法秉公办事，为避嫌，不会再来他家。以后如有紧急情况汇报，便在阳台上摆三盆月季花。

厂长出门时眼含深意，说了句：“有你的好处。”

三

到晚上八点二十，戛纳才天黑。《好莱坞往事》七点一刻放映，小女子终于不打手机，抹去眼泪，沿沙滩往城区走。欧洲动荡，影院周边有持冲锋枪的特警，海边无人看管，只走着他俩。

小女子不愿与他并排，他知趣地落后十步。她的背影，和厂长女儿相似，喝牛奶长大的女孩都是这样的身材比例。

双耳生风，两个穿秋季绒衣的人越过他，在小女子左右脖侧各划一刀，断了她双肩包背带，拎包在手，回身冲他跑来。

嗯，他俩不敢往城区跑，原路返还，要像越过去时一样，再越过自己一次。

唉，样子真那么老了？竟遭此轻视……

小女子双肩包挂在胸前。从身后切下的难度大，背带只剩勒在后脖颈的短短一截，压着大动脉。分寸稍差，便是杀人了。

她脖颈完好光滑。如此精湛的刀法四十年未见，七十年代末京城老炮儿里玩刀最棒的人是杜小刀，曾会过他……

二扒手近了。见背带切口剪的般齐整，他禁不住喊出：“太棒啦！”

二扒手吓一跳，步子稍缓，立刻裆下剧痛，双双倒地，肉虫般扭动。中了“飞云浦武松脱锁连环脚”。

夏日穿绒衣，为打斗防护。二扒手本领脱俗，信息落后。二十年来全世界扒手都爱中国人，因为中国人爱带现金。今年开始，中国人已跟白人一样身上没钱，他俩还不知道。

小女子包里放口香糖、餐巾纸、宾馆钥匙、小罐牛奶。原本包可卖钱，是香奈儿春季新款，折合人民币五万二千元，卖到黑市可活很久，可惜他俩不识，两刀割坏。

拾起包递她。她取出小罐牛奶，让把其他东西装他衣兜，包就扔了吧，拎个破包，不好看电影。

只是坏了背带，他建议去专卖店替换。为预防再发生今日情况，可多要几条备用。

她："丢人。"

他扔了。

她对他没有一丝感激，对他的武艺也无兴趣，嘬牛奶向城区行去。嗯，她是对的，拿了保镖钱，是我该做的。把所有该做的事都算作私人交情，是我们一代人的劣习，她一代小孩已分清楚，社会眼瞅着进步……

二扒手在身后大喊，不单是喊疼，明显有话。京城经验，此种情况下，他俩只会是问他的名字，以备日后报复。

他回身："布鲁斯·李。"李小龙的英文名，他唯一会的外语。

二扒手瞪大眼，似打下特效麻药，忘了疼痛。

来戛纳后，从不跟她看电影，都候在影院外。不会外语，看不懂情节，坐影院里难受。《好莱坞往事》拍了李小龙，是他唯一提出要看的电影。

真是老了，周围一暗，便要打盹。扮李小龙的演员摘下墨镜……猜对了，眼睛不像。没了兴趣。

漫长睡眠，被掌声惊醒，观众几乎都站起，开始“鼓掌二十分钟”的最高影迷礼遇。小女子不惜力，拍肿了手。

之后，她换晚礼服，参加阿兰·德隆的获奖答谢宴，受邀人数有限，宴席按名字入座。她晚了两小时，阿兰·德隆已回去休息，由其女儿支撑场面。是饭后甜点阶段，她坐下，又一道道上菜。

她能参加，是她搭上的男人安排。知道这哥们混成了，没想到强成这样，当年被我断过鼻梁，是个不知痛的浑人，打不过还打。小女子自顾吃着，没话说，不认识任何人。可惜阿兰·德隆走了，否则她会看出我俩有多像……

晚宴在某酒店的屋顶花园，保镖不能入餐桌区域，候在二十米外一片不设草木不铺花砖的水泥地，也是吸烟处。一位珠光宝气的华人妇女离席，在他身边点烟，忽然瞄他，轻声呼唤：“布鲁斯·李，是你么？”

他曾叫布鲁斯·李，用了好几年，并不知道是李小龙英文名。这没什么奇怪，就像《佐罗》的片头曲“优斯范里安，啊啦啦啦啦，佐罗范……”根本不知道什么意思，他那代人都会唱，一唱便唱了很多年。

一九七八年，他打了杜小刀——京城老炮儿里玩刀最棒的人。杜小刀在鸿宾楼摆宴请他，叫经理拿出象牙筷子，陪客的三位也玩刀，鼎鼎大名。

老炮儿——在清朝末年，是兑换美元英镑的计量单位。一炮儿七十二枚，半炮儿三十六枚，铜钱或银元，红纸卷着，像火炮炮管。用在人身上，指前门楼子附近拦洋人换钱的人。敢拦洋人，清末百姓眼里的厉害人。

现今老炮儿，早不是赚外汇差价的，是压着小偷流氓的人，“厉害”的意思延下来，“沾洋味儿”的意思也延下来。

三位陪客带刀来的，桌上展示。一把一九七四年越南缴获的美军战术刀，一把一九六九年珍宝岛缴获的苏军侦察刀，一把一九六二年南昌缴获的台湾伞兵救生刀。

杜小刀亮出自己的刀，一九二二年爱因斯坦遗落在上海浦江饭店304房间的剃须刀，玳瑁壳甲磨出的柄，两颗铆钉是9K黄金，刀片全钢，刻字注明是瑞士专利局赠送。

京城风气一度坏透，小学生打架也动刀，十一二岁背人命案。杜小刀联合南北城老炮儿，刚刚扭转，宣扬以暗算为耻、用刀为耻，抡拳头才是本事。玩刀仅限于老炮儿级别，伤胳膊大腿，不刺躯干不划脸。

出于对广义相对论的尊重，得了剃刀后，杜小刀放弃原先用的英国费尔班－赛克斯匕首。仗着手快，刀小成这样照样威风，不论别人刀多长，也能钻空子攻进去。

四把刀，他一一看过赞过。三位陪客表态，能让杜小刀服气的人，他们也服，请讲话。

成名的家伙交到手里赏，是对他礼敬，得拿出有分量的东西回报……想起改变他一家命运的父亲审讯小偷的言论："人的每一个念头，都是一个世界。想了，它就会在另一个时空构筑现实，延续存在。我们有数不清的分身，除了这座鸿宾楼，还存在着无数鸿宾楼，每一个鸿宾楼里都有我们。即便这里的我们被警察击毙，别的鸿宾楼里的我们仍然存在……”

三陪客脸色难看，杜小刀谦卑询问：“您想告诉我们什么？不用惜命，死了没事？”

“我说的是——唯心主义。”

“……长见识。”杜小刀领头鼓掌。上砂锅羊头了，三位陪客忙夹筷子，避开话题。

暗中抱歉，我的人生如此贫乏，没什么可以互换友谊……

以下是不会在桌上说的。

唯心主义该批判，受批判的东西不必看——是社会常识。三十五岁的父亲值夜班无聊，突发奇想，要看看，不料工厂图书馆没有，遍寻城里各书店也没有。过了些日子，竟觉得这是人生最后疑问，搞清楚了，才能安分。

魔怔般跑去清华大学，在学生抄家缴获的书里找。教授们的唯心主义书籍是德文，父亲望洋兴叹。缴获的封建迷信类书籍是中文，拾起一本《觉林义疏》，看不懂书名，随手一翻，“一切唯心造”五字扎进眼里……

父亲如丧考妣，十余天看走了脑子，审讯时听小偷抱怨没活路，失口说出“有无数个审讯室无数个你”的话，被小偷在转送公安局后告发，造成工厂开除的恶果。

母亲是厂医务室医生，跟父亲离婚即可留下，但随父亲回了家乡。二年前批判资产阶级趣味，母亲养的热带鱼被泼到足球场上晒死，十岁的他觉得母亲已不想在这待了。

母亲在家乡没待几年，即病逝。

他顶替父亲回厂，临走前，以为父亲会传他擒拿格斗，好在保卫科立足。不料父亲没此兴致，传给他的是唯心主义言论：“攻打孟良崮山头，敌人机枪凶，身边战友一个个倒下，只有你爹活下来。一九六八年，看了清华大学一本书，才知我也死了，是不甘心死去的念头造出一个新世界。旧世界死去的我和新世界活着的我，各不相知，互不干涉。其实孟良崮战役至今未打完，战场上的每一个人生出的每一个念头，都会诞生一个完全不同的孟良崮战役，孟良崮战役永不会结束，也无法结束。”

来了第四位陪客，眼毒，进门便说他像佐罗，遭杜小刀喝止。

她是位舞蹈演员，绰号百慕大——轮船飞机无故沉没的海域，传说水下是外星人基地。刚演出结束，妆未卸干净。

杜小刀介绍她“这是我一妹妹”，介绍他“这是我压箱底的人”。压箱底——来自京戏的词，指一个剧班最好的戏。

她学的是印度舞，手势千变万化，赶来给杜小刀做表演搭档。席间亮刀技，也为款待他，是份诚意。

她两手各捏一枚二分硬币，开始手舞，硬币在指间水银般游走。她合上眼，逐渐加速，手指和硬币皆成虚影。

杜小刀出刀。闭目后的她，佛面端庄。

左墙脆响，飞去一枚。另一枚落于桌面，破了麦穗图案。

不等鼓掌，她左手拉起他，向杜小刀撒娇：“这人，我带走了啊？”杜小刀沉着脸，摆手让她走，嘱咐：“别提佐罗。”

手里黏稠，他任她拉出门。

她左手流血，二人避开这层，去楼下卫生间清洗。刀口浅，压一会儿便止血，她说这是杜小刀第一次失手，不能让另三位老炮儿看见，否则南北城平稳的局势又该动荡。

她真带他回家，说是杜小刀意思。歌舞团没分到房，她住外交部家属院姨妈的闲房，二室一厅。杜小刀也有亲戚住这，院里看见她，上前搭讪，聊到正上演的《佐罗》，止住想法，收下她这妹妹。

瞅了她正处的男友，认出是个入京的骗子，让那人退了。着急她脑子不行，今天传话，给她寻了个宝，千万珍惜。

他奇怪杜小刀为何不让她提佐罗，她说首映日，阿兰·德隆就在北京，原定跟观众见面，但外交复杂，又无法亮相了，阿兰·德隆闲待二日，悻悻而归。二日里，有一日是跟她过的。

佐罗穿黑斗篷骑马的扮相，帅死千万观众，帅不死杜小刀。杜小刀注意的是——影片开头，佐罗还是个落魄旅人，怀疑旅馆大堂闲坐的几人是职业杀手，上前借火，察言观色——阿兰·德隆瞄的这几眼，令杜小刀钦佩不已，认为真混过江湖，不是帅哥是大哥。

好汉相惜，出于对阿兰·德隆的尊重，杜小刀绝不会碰她。不让她提，按杜小刀心理，是怕他也有忌讳。

他表态，以后兄妹相称。她有些懊恼，说杜小刀料事如神。他问自己跟阿兰·德隆像到几成，她："九成。"

僵了一会儿，他问："李小龙，你知道么？"

"噢，他呀。你要找他，我一个电话就来了。"

李小龙一九七三年过世，死因难查，法庭裁定"死于不幸"，年仅三十二岁。她那时该十五六岁，他压住心跳："香港功夫片的李小龙？"

"还能有谁？"

"……也跟你好过？"

“当然。”

以后两年，她真成了他妹妹。他常询问李小龙近况，她每次都能说很多。她真棒，让他觉得李小龙活着。

远处，阿兰·德隆的女儿看起来未至三十岁。有些怀疑百慕大真跟她爹好过，否则怎会出席晚宴？

百慕大说那是她当年逗杜小刀的，不料杜小刀当真，从此京城爷们都忌讳她。改口没面子，她只好交往外国人，最终嫁了个瑞士老公，和阿兰·德隆有五十年交情。

瞄见小女子吃完，要了杯水，喝口即走的情况。他对百慕大落泪：“国豪死了。”

“谁？”

“李小龙儿子李国豪。”

第一次看到李小龙专辑杂志，就有跟儿子一起的照片，可爱至极的小孩。一九九三年死讯传来，还是记忆里的小孩样，死了自己儿子般难过。

当年听他讲李小龙有儿子，她立刻抱怨带这小孩多么累人，因为这个原因，她选择离开了李小龙。

四十年后，她清楚李小龙是谁，瑞士老公和前妻的儿子买过多本李小龙的书。意外之喜，以前都是她对他讲李小龙，现在，他想对她讲。

李小龙三十岁时第四腰椎重伤，瘫床上六个月，许愿如能恢复武功再拍电影，折寿也情愿。三十二岁成国际巨星，有一丝疑虑，要不要兑现诺言？这样一想，便有了一个李小龙死后的世界，我们每一人都为塑造这事而存在。

在另一个时空，李小龙闪过此念，去健身房练功了。

她完全接受，点头："国豪呢？"

八岁的国豪，目睹父亲死亡，不相信是真的。质疑了二十年，终于确定世界是个妄念，于是开玩笑，按父亲最后一部电影里的情节——道具枪射出真子弹，一个明星死于片场——的方式离开，回到李小龙活着的时空，和那里的国豪融为一体。

她："国豪做得对，演一辈子悲伤的小孩，谁也不愿意。"

他要走了，她提出加微信，他说年轻时处得有意思就够了。她感慨年轻时没睡过，否则该多美。

他安慰：“睡了。这么想，在另一个世界便已实现。”

四

戛纳，半夜还走着许多人。晚宴的酒店和住宿的酒店隔两个街口，三百多米，为一身晚礼服，她去时约出租车，回时觉得不值。

几万元的包不眨眼扔掉，心疼几块打车费，唉，这闺女还是苦出身，爹妈劳碌……

她一手握香奈儿限量版圆球手袋，一手提裙边，不愿跟他并排，相距五步。戛纳街窄，车道将人行道挤成细细一条，前方手拉手走着两个穿短裤背心的白人少女。

小女子给堵得放慢脚步，再过十米有岔口，可在那超越。她老实跟着，突然两白人少女跑起来，冲入岔口。

没了手袋，一点拽动的感觉都没有。她喊出“太棒啦”，白天他对两个割包扒手喊的话，被她记住。

他冲出。

欧洲人夜里不抄近道，主路上人满，支路上一人没有。二少女停在岔口二十米深，见他追入，无惧地瞟他，亮出弹簧刀，示意他走开。

他叹口气。踢胫骨膝盖，易造成骨折，思量以脚踝为攻击点，轻击即可剧疼，站不住，她俩便投降了。

上前……后腰中刀，直入肾脏，一户门洞里埋伏着第三个少女。前方一少女的刀透进肝区。呵呵，太嫩了！认位准确，手上还不会使巧。

用蛮力刺不深。知道死不了，有些不忍心……得用跤法了，不好控制，后脑脊椎撞到墙角会残废。

前后身的少女，两盆水般泼在地上。感到腮部溅上什么，他迅速捂颈。动脉被割，又忘了第三把刀。

三少女跑入深处。他扶墙滑落，熬夜熬不动的感觉，手里的血像条鱼般有劲。小女子跑近，哭成泪人，嘴里叫着：“你怎么了？让我看看，给我看看。”

不至于傻到要掀他手，她是嘴笨的人。相处三日，她看不起他，他更看不起她。这闺女能为你哭成这样，为何要看不起她？

割颈一刀还是用蛮力，刀不是这样玩的，假以时日，再碰上，可以教教这白人丫头……如果救护车高效赶到，下来的医生麻利……

他没劲了，说："给你看看。"脖子扭向墙面，手落下。

死亡的感觉，怎么像跑步？

他发现自己跑入岔口，两个抢袋少女不惧地看着他……刚才，只是一念？对追入黑暗小巷有些犯怵，幻想出一个最坏情况。唉，人老了，竟可以尿成这样。

他笑了，上前。二少女回头，深处走来十几个中国人，路面堵得满满，她俩没了逃路。他掏出两张二十欧元，示意交换，二少女接钱，放下圆球手袋，窜出岔口。

来的人是参赛影片《南方车站的聚会》剧组。影院门口巨幕反复播预告片，见过他们的脸。

小女子候在岔口，喊"桂纶镁"。叫桂纶镁的人礼貌回应，告诉她巷里有家台湾餐馆，可吃。认识，又等于不认识，如她跟阿兰·德隆女儿一般。

次日中午，他和她去码头，她搭上的男人乘帆船而来。戛纳本是海港，每年举行国际帆船大赛。

她搭上的男人叫巴顿五十六，二战名将巴顿和山本五十六的合称，一个打架不要命的人。各厂保卫科之间常切磋格斗技艺，他在弹簧厂，巴顿五十六在灯管厂。弹簧厂三分之一业务是生产枪膛弹簧，灯管厂有部队的占股投资。

跟军方沾边的荣誉感，令二厂觉得必须打败面包厂、肥皂厂、汽水厂、家具厂……二厂之间，生产军用品的弹簧厂理应打败生产民用品的灯管厂，可惜灯管厂出了巴顿五十六，让弹簧厂三年抬不起头。

巴顿五十六祖传“衙门快摔，搭手飞人”，一凑近，没感觉使绊子，人就泼水一样摔出。前清捕快制止街头暴乱的技巧。

弹簧厂的面子是他找回来的，去过一趟北京动物园，他会了李小龙的截拳道，打折巴顿五十六鼻梁。

做完矫正手术，巴顿五十六拎两盒稻香村点心来弹簧厂，要跟他结为兄弟，互换绝技。衙门快摔共一百零八招，手法三十六，脚法七十二，巴顿五十六为表诚意，先教他。

历经二月，会了他。轮到他教截拳道：

“你想会就能会，不必学。你真正的老师，是你自己。即便出现一位老师，也是你内心的幻化。因为你不敢相信，所以假托他人，其实还是自己教自己。你不可能从任何老师身上学到任何东西，你学到的只是你本就会的。”

巴顿五十六闷了半晌问，叫截拳道，总该有些拦截技巧吧？

“拦截的不是敌人的拳头，是自己的想法。想着怎么打败他人，说明你内心已判定自己会输，需要个方法挽回。你多掌握一个方法，便会加深一次输的意念。你赢不了，因为你一直在制造败局。”

巴顿五十六：“什么都不想……”话被他拦截，称赞巴顿五十六会了截拳道。

此后二人齐名，外界提起工厂里能打的，便是他俩。为配合巴顿五十六，他也起了外国名。他仅有的李小龙资料是一本照片特辑，文字有限，写李小龙只承认一个对手，叫布鲁斯·李。于是叫了这名。

五年后，才知是李小龙英文名，李小龙的意思是“最大的敌人是自己”。

四十年后，巴顿五十六仍觉得受骗，白搭了祖传绝技。二人在深圳遇上，他在街口卖香瓜，巴顿五十六坐血红色加长版林肯轿车，摇下车窗，阿拉伯王子般年轻英俊。

一九八三年，他从弹簧厂辞职，带走厂理发馆最漂亮的女理发师，来到深圳。两人没闹出什么名堂，也错过了生小孩。五十五岁，没钱了，女理发师办了个理发馆，她没学会染金发的新手艺，还是八十年代的老技术，他做杂务，平安了五年。五年后房租升高，经营不起，关了理发馆，她也过世。

巴顿五十六请他陪一个新搭上的女孩去戛纳，当四天保镖，酬金可让他活两年。预付款付清后，巴顿五十六觉得有权提问：“一辈子交情，给句真话，你教我的截拳道是假的吧？”鼻头一酸，停上他的拳头。

他在摇头，不知是承认“不是截拳道”，还是谴责“你的话不对”。打架规矩，强者说了算，巴顿五十六没再追问。

一九八五年，巴顿五十六从灯管厂辞职，到了欧洲。发现一伙五十年代留学中国的意大利人在卖“凤爪鱼翅汤”，快餐店模式，号称中国口味，在不少城镇挤走麦当劳。

中国人的钱，还能让你们挣了？传统说法，鸡爪美容，鱼翅壮阳。巴顿五十六在街头看了一整天白人，骂道：“他们还需要壮阳？他们得泻火！”

白人不会相信鸡爪美容，只会嫌肉少，不会相信鱼翅有营养，只会嫌口感硬。之前热销，是贪个新鲜感。巴顿五十六改良，鸡爪换成猪蹄、鱼翅换成粉丝，价格降一半。

从此凤爪鱼翅汤无人问津。

巴顿五十六以“猪蹄粉丝汤”淘到第一桶金，收购巴塞罗那名牌火腿厂，淘到第二桶金……现拥有一个码头，四百座仓库，爱上帆船。

每年重金邀请戛纳帆船大赛冠军跟自己较量，条件是得输。站在世界帆船高手的峰顶，成了王中王。

巴顿五十六的帆船入港，人下来，脸有些走形。又到瑞典打羊胎素啦？顺便打了瘦脸针？

小女子迎上，口称“爸爸”。听着恶心，他便没打招呼，陪着走几步，想到杜小刀要活到六十多，脸该这样吧？如此一想，越看越像。

知道小女子名字，问：“闺女，叔叔忘了你叫啥来着？”

“杜小月。”

一九八三年，杜小刀拒捕，在虎坊桥南街被击毙……觉得上衣口袋里有东西晃，是爱因斯坦的剃刀……杜小刀没给他，在朝阳区举办的打击犯罪业绩展上陈列过，后转去外地巡展，再没见过。

六十多的杜小刀阴下脸：“怎么还在你手里？不是说我要死了，你去美国捐给爱因斯坦纪念馆么？”

他：“你没死。”

杜小刀恍然大悟，原谅了他。

难道我死了……现躺在岔口巷子里？

祈祷眼前的一切不要转瞬消失，还想跟杜小刀待一会儿。你才配得上一个码头、四百座仓库、世界帆船高手的王中王……其实巴顿五十六年轻到老都够哥们，出力给钱，吃亏不怨。但玩女人，格就降了。

没待住，熬夜熬不动的感觉，滑向一九七八年。

五

公元二〇〇年的官渡之战，人少的曹操打败人多的袁术。他家祖上是袁术一族，袁术败给曹操，因为优柔寡断，越重大的事越拖着不办。

一千七百年来，他家克服此遗传性格的仅父亲一人。他没克服，一想到厂长女儿，祖先的弱点全部显现。

晚全国公映一周，《佐罗》来到工厂，在足球场露天放映。他家在二层，阳台被称为皇家包厢，与足球场有三十度差角，房子分他前，房管科的人来这看电影。

阳台可放三把椅子，他约了保卫科二位同事，备下茶水瓜子。足球场上的人自备板凳，俯视到厂长与民同乐，带着女儿落座，他松了口气，约同事就是避免她来。开始放映，感觉怪异，银幕上的人像是自己。

电影结束，厂长女儿找来，涨红脖颈，喊声："袁牢记，像你！"撒腿便跑。吓坏俩同事："这丫头在厂里没人敢沾，她爹是个要手腕的人，小心小心。"

他叫袁牢记——牢记父辈是为劳苦大众打的天下。

上次厂长走时定下暗号，有紧急情况，摆三盆月季花。他买了，阳台摆一盆、二盆搁室内。同事走后，他全摆上阳台。情况紧急，他想辞去"占据她全部课余时间"的任务。

估计明天上班时间，厂长会看到。不料刚摆上，厂长便敲门，带四两猪头肉、一盒果脯，问："我的酒还在吧？"

这次，厂长把汾酒喝完了。《佐罗》对厂长造成伤害，含泪诉说："看电影的时候，一个人说怎么那么像保卫科新来的小伙子？一下所有人就都这么说。你觉得像你么？你只是徒有其表。我才是佐罗。"

《佐罗》的故事是，新阿拉贡地区恶势力过于强大，佐罗不得不装㞞，生活里扮演一个懦弱、愚蠢的人，戴上面具后，在不露真面、查无此人的情况下才敢行侠仗义。

厂长的泪终于落下，承认自己装㞞了十年。《佐罗》在欧洲票房惨败，在亚洲火爆，因为共鸣大，亚细亚土地上，示弱与扮愚是生命的保障。佐罗戴上面具后骑马耍剑，帅得不像话，观众觉得那是阔别已久的自己，正义与勇气的模样。

厂长："以后，你就是我的面具。我会提拔你当中层干部，通过你办一些我不方便办的事，你我合成一个佐罗。"

旧的任务没辞掉，新的任务又压下来。厂长走后，他望向床头的热带鱼，恨不得倒到足球场上。

次日是周日，为躲厂长女儿，袁牢记去了动物园。小时候，动物园里他有俩朋友，一灰狼一雪豹。

狼群里个头最大的一匹狼，老了抢不到食，身上总有几块咬伤，会直奔他而来，要说话似的盯他，他不走，它不动；雪豹见他来了便立即跳起，身体扩张到最大面积，降落伞一般落地。

回京工作，没去动物园。不是因为明白了，它俩的热情是想吃小孩，是算计它俩应该死了。

果然，是新一茬狼与雪豹。失落前行，走过大象馆，是动物园东侧尽头，三米高铁栅栏隔断，外面是莫斯科餐厅。栅栏间距伸不进人头，可伸进手，莫斯科餐厅那边站着七八个挎背包的人，向动物园游客卖美国摇滚乐磁带、假劳力士手表、蛤蟆镜、日本电子表、香港杂志。

买票进动物园时，看到好多不带小孩的单身青年，以为跟自己一样来怀旧，原来是买黑货。莫斯科餐厅地界进人多，会惹麻烦。

他翻了翻香港杂志，见到一身是血的李小龙，各种踢腿，整整七十页照片。从未见过如此凶猛的国人形象，令他产生一股力量，自骨骼里炸开。

李小龙逝世的纪念册，小贩喊价十二块。厂长喝的汾酒七块五，十二块可买瓶茅台。

出门带了三块钱，门票花去五分，嘱咐小贩别卖他人，沿栅栏行走，见一位试蛤蟆镜的姑娘，衣着值钱，样子善良，他大胆打招呼："我在弹簧厂工作，是一名保卫科干事，姓名袁牢记，办公室电话是……"

啊，这是他跟妻子第一次相遇的情景，之后发生的事是她没买蛤蟆镜，把身上带的钱全部借给他，五元。经过砍价，小贩以汾酒价成交。

为还钱，他要留她地址电话，她说不用，她会去弹簧厂。一个月后，同事说工厂理发馆调入一位女理发师，时髦漂亮，前所未有，令理发人数倍增。

他也去了，见是借钱的姑娘。一九八三年，他受杜小刀牵连，从工厂辞职，问她跟不跟他南下深圳，她爽快答应。

……原来是回忆。

很想她，祈祷眼前的一切不要转瞬消失，撑得越久越好。他幸福地笑了，等着下面的事。

她掏出钱，买下蛤蟆镜，带他找卖香港杂志的小贩，报出杜小刀名号，让小贩一块二角卖了，然后问他：“一块二你有没有？不够，我给你添。”

他：“有。”

不是此情况……

仔细看她，竟是百慕大！但又不像是，面色暗黑，鼻头肿肿，嘴是歪的。一个不漂亮的百慕大。

第七十二届戛纳电影节遇上，六十一岁的百慕大开玩笑，说后悔两人年轻时没睡过，否则该多美。他说已睡了，按唯心主义理论，这么想了，在另一个世界便会实现。

这是另一个世界?

百慕大以他妻子的步态离去。他蒙了，按照记忆，走到狮虎山前方空场的长椅上，开始看李小龙特辑，六个小时后，响起劝告游客退场的广播声。动物园下午四点半劝退，五点关门。

随着广播不断重复，李小龙化作全世界。退场的每一个游客都是李小龙，走在李小龙构成的路上，李小龙构成的狮子老虎由李小龙构成的铁笼囚禁……他领悟了李小龙发明的截拳道，赶在大门关闭的最后时刻，跑出动物园。

——本该是这样。

但直至劝退广播停止，开悟的异相没有发生，他只得还待在长椅上。对面长椅也坐着二人，动物园保卫科开始巡逻，检查滞留游客，对面二人中的一人挥了下手，巡逻队便似看不见他们，鱼贯过去。

四下寂静后，对面二人朝他走来，左侧是卖香港杂志的小贩，右侧一人背装拳击手套的牛皮筒，笑容可掬，自报姓名“杜小刀”。

——不对，不对！

相逢杜小刀，是初试截拳道，打了巴顿五十六之后。

杜小刀在南北城推行“用刀可耻，抡拳头才是本事”，为做表率，自己也练上拳击，上了瘾，四处跟人比。巴顿五十六凑近就摔人，遭玩拳击的人忌讳，没法打也打不过，听说让人拿拳头揍了，一身祖传跤术用不上，杜小刀大感兴趣，寻到弹簧厂……

袁牢记从长椅上站起，杜小刀解释，这里黑货是他提供，从未发生假冒他名号斩价的事，小贩见是个女的，被她气势吓住，以为是杜小刀新搭上的傍家。

袁牢记说不认识她，平白无故地帮忙。

杜小刀表示理解，北京女孩仗义。

“十天内我准能把她搜出来，南北城说大不大，但追究女的没意思，希望你把事担了。补交十一块五角，再交三十块罚款，不愿交这三十，可拿挨打换。不欺负人，你可以还手，三拳抡不倒你，我停手。”

袁牢记选择交钱，再有八天发工资，到手即送到动物园。杜小刀认可，让他留工作单位地址电话。他写后，怒了杜小刀：“你保卫科的呀！会打不打，您耍我呢？这样，三十块我不要了，五拳抡不倒你，十一块五你也留下吧。”

拳击比赛一九五八年禁止，二十年时光已找不到人会，他们这代人的拳击是——戴上拳套就是拳击，打之前相互嘱咐“讲好了，不上脚啊”。

保卫科练拳击，袁牢记还不上手。厂长传授“飞云浦武松脱锁连环脚”后，他仍挨打，拳击上没用。

一日受伤歇在家，厂长女儿来看鱼，眼亮得让人心慌。她听她爸讲了，她是他师父，“既然是师父，就传你点东西吧”。

她爸让她转告，飞云脚可用于拳击，虽有规则保证，但你上脚，人的本能反应还是会防范，这时候你出拳，别人躲不过。“别人两个拳头，你四个拳头，还怎么跟你打？”

他质疑，上脚犯规。她：“没让你踢出去，假动作。”

他：“假踢，也不行呀！别人受吓唬，还是会说我犯规。”

她盈盈一笑，少女方有的美丽非凡：“我爸知道你必有此一问，让我代答，只要你动腿幅度小于四十五度，敌人身体会做出反应，但大脑没印象，记不住你动过腿。打架，就是要打人个不明白。”

心服口服。他向她鞠躬，扬脸的时候，她笑容还在，他在那一刻喜欢上她。

——错！错！没有这一段。

厂长从没让女儿给他讲过拳，她当他师父，是厂长和他的秘密。他能打败杜小刀，是截拳道开悟后，泯灭人我差距，感觉与对手血肉相连、神经相通。

杜小刀抡拳冲来，他似身体不舒服，随便甩手，落在杜小刀腮部。那里神经丛密集，令杜小刀晕地三分钟，起来后请他去鸿宾楼吃饭……

眼前世界，“泯灭人我”的精神转换未出现，杜小刀和他是明明白白的两个人。袁牢记用飞云脚假动作，令杜小刀错误反应，一拳砸上他腮。不是截拳道，还是设计、实施，技术的击倒。

等待杜小刀苏醒，袁牢记陷入迷思：厂长女儿没教过我，我怎么会的假动作？

到鸿宾楼，百慕大果然没来，杜小刀没这妹妹。三位老炮儿当陪客，杜小刀表演刀技，让一位老炮儿向自己扔纸烟，砸脸上算输。邻座距离，纸烟脱手即一刀两段。如此快的反应，防不住袁牢记拳头，这是杜小刀服气的原因。

再快的反应，也无法同时做出两个反应，这是杜小刀挨打的原因。剃刀削向纸烟的同时，任何人扔第二根纸烟，都会打到杜小刀脸上，他的拳头也如此——袁牢记犹豫再三，没讲这道理，讲了唯心主义。

按照记忆，与杜小刀一生交情仅此一顿饭。杜小刀私造手枪，通过弹簧厂第三车间主任偷了四箱枪膛弹簧，为不牵连袁牢记，表达敬意的一顿饭后，再没找过他。

但一九八三年杜小刀事发，拒捕丧命，第三车间主任入狱，袁牢记因为这顿饭交代不清，被迫辞职。

果然，酒席结束，杜小刀说：“咱俩交情，就这一顿饭。以后我碰上事，你别帮，你有麻烦，我不管。”

回到十六平方米的家，见喝光的汾酒瓶还在，厂长的分身般立在窗台，袁牢记踏实了，沉静的幸福感，眼前世界虽小有颠倒，但大差不差，还是一样的事，一个月后，妻子该出现，之后两人有三十八年……

六

厂长女儿来看鱼，他用另一个世界的眼光来看她。她意识到自己青春初起的美，三四岁小孩拆毁玩具是为探索，她冲他亮眼神、亮裙下小腿，是在安全范围内试验。视他为安全范围，应感荣幸。

想到第七十二届戛纳电影节的小女子，她的青春期便缺乏善待，以至二十一岁要搭上个人。当厂长女儿就是她吧，他教她如何给鱼缸换水、用灯照控制温度、配制清除鱼鳞细菌的药粉……

第三个周日，原本要带她去郊区湖泊捞鱼虫，她说一位比他还像阿兰·德隆的高班男生找到家来，约她去参观故宫，门票一块五，二人要花三块。

太贵了，她不愿男生破费，但又想去。估算男生会在游览中途向她表白，为不至于惊慌失措，她得有个预防，要他冲她说句“我喜欢你”。

他说了。她脖颈通红：“有数了。不会接不住。”

第四个周日，妻子该到来。理发馆周一休息，周日最忙。他一早便去理发馆，没有新调入的人员。

今天原本有保卫任务，他请了假。为提高女职工的精神生活质量，厂委请来一位舞蹈老师教印度舞，每个周日，为期半年。今天是第一天，舞蹈老师会先跳三支舞慰问全厂，到场男职工不会少，需要保卫科维持秩序，制止吹口哨、喊好等流氓行为。

上午十点，三辆军用吉普接来舞蹈老师一行。乐队成员六人，统一穿蓝色中山装，表情严肃，都戴粗大黑框眼镜。舞蹈老师涂浓妆、盘高髻，一方披风将身体裹得严严实实，不露演出服。

演出开始，摘下披风，从脖到脚裹得严严实实的肥大白衣。乐队领头向观众介绍，是印度湿婆舞，湿婆是印度大神。

节奏缓慢，各种单脚独立的造型，一停十余秒，六分钟后，久久不动。乐队领头站出，宣布舞蹈结束。

保卫科率先鼓掌，全场发出不大的掌声。

舞蹈老师放下脚，行礼感谢后，跳第二支舞。乐队领头介绍，湿婆在印度是普遍信仰，不同地区有不同风格的湿婆舞。

还是各种单脚独立的造型，停顿时间有所缩短。舞蹈结束，保卫科疯了似的鼓掌，全场掌声比上一次小。

厂长上台，跟舞蹈老师小声交流："社会鼓励年轻人追求真善美，解放思想，大步前进……"

舞蹈老师："明白。"

她去换装。乐手们摘下黑重眼镜，缠上鲜艳头巾，摇头摆尾地演奏。乐队领头介绍："即将表演的是印度蛇舞，讲述一个名震八方的美女，在法师的笛声中，变成一条蛇，原形毕露！"

她重新上台，去掉披风的一刻，全场可怕的寂静。脖子、部分胸、大片腹部暴露。舞蹈开始，各种扭动，为表达"现原形"的痛苦，几度在地上打滚，最终以后仰下腰的造型定住，运动量过大，喘息剧烈，乳房起伏不停。

吓得观众不敢鼓掌。

厂长上台："小王老师进行了一场严肃认真、思想深刻的表演，让我们对小王老师付出的辛勤汗水报以热烈的掌声。"

掌声是"热烈"的五倍。

要学舞蹈的女职工人数超出预期，原定的中层干部会议室便不够用了，改在一个还未安机器的新建车间，由保卫科守卫，拦阻男职工观看。

车间窗户多，人手不够，发现请假的袁牢记并未离厂，在理发馆附近徘徊，勒令回来站岗。

舞蹈课结束后，袁牢记见到卸妆后的舞蹈老师——动物园帮忙砍价的姑娘，面黑嘴歪版本的百慕大。她看他没反应，北京女孩仗义，总给路人帮忙，记不住。

全体保卫科护送她上吉普车，袁牢记凑上："您看我是理平头好还是分头好？"百慕大认真看他，答："你脑门宽，可以理背头。"

"领导才理背头。"

“不不。解放思想，合适你。”

吉普车开出厂门，同事对他钦佩不已：“你胆子真大，我们都不敢跟她说话。”他：“她是我夫人。”

引起哄笑。那是妻子第一次给他理发时说的话，虽然幻化成百慕大，但还是她。

幸好养了热带鱼，她第二个周日来教学，中午休息时段，请她去看鱼。进门后，他说他来自另一个世界，到这个世界，是为了她。另一个世界里，她是他妻子，她活到六十一，他活到六十三，没有她的两年里，他很想她。

百慕大：“你……挺吓人的，但你的话让我抽筋了。”

游泳时脚抽筋，会淹死。她要验证一下他是否真想了她两年，说人的内心都刻在身体上，骗不了搞舞蹈专业的人。她抱过来的时候，他紧紧抱住她，她叹息：“你全身都在哭，我信了。”

接下来的事，应是打了巴顿五十六，被提拔为中层干部……耗到一九八三年，但他已不耐烦，向百慕大说，广东有个宝安县，明年改为深圳市，后年划为特区，特批了自由。

“你怎么知道？”

“信我。”

她又信了他。俩人分别辞职，乘火车南下。二日车程，她肿肿的鼻头突然精致，歪嘴正了过来，暗黑面色开始转白。

她一直是尖子，少年班领舞、艺校高才生、歌舞团台柱子，她喜欢舞蹈，厌恶别人看完舞蹈后喜欢她，她的身体等同雕塑、绘画，不等于性。不知不觉，她长劣了脸，卸妆后没法看。

他说她在变美，遭她坚决否认，到达宝安县南头村后，出租房房东赞叹“好靓好靓”，她相信了他的诚实，自己也高兴。南头村真是南头，隔海即是香港。房东说香港人追求最新款电器，淘汰的扔海，每个涨潮，都有大群电视机漂来。

随海漂来的还有天线，可以调出香港所有的电视台。那些电视机质量真好，晒干了就能用，你们屋要不要配上一台？

她绽放好看笑容：“您走的是黑货吧？”

房东发誓不是，南头村有座砸毁的龙王庙，依旧很灵，想要香港商店里什么东西，对着残砖烂瓦祈祷，七天内必从海上漂来。他们村盛产电视机，因为村里一位百岁老奶奶临终前喊了声想看电视。

她感慨，真是位好心肠的龙王。房东说他们村受龙王恩惠，所以也愿造福他人，每一寸空气都含着善意，你们俩是来对了地方。

陪她去龙王庙，她许愿找个工作……嗯，特批的自由后年才到，确实来得有些早。她让他也许愿。

回忆李小龙影集上不多的文字——李小龙常说的话“找到自我”，来自一本叫《最初和最终的自由》的印度人演讲集，影响了六十年代美国嬉皮士运动。

由于李小龙电影对美国黑人的巨大影响，黑人也开始思考“找到自我”，以前觉得那是白人的时髦，排斥拒绝。没有哲学著作的李小龙，被黑人称为思想家。黑人不信印度哲人、嬉皮士，信了他。

袁牢记没有找这本书的冲动。父亲在看不到西方译作的前提下，凭一己之力发明了唯心主义，他在没看过一部李小龙电影、一段亲笔文字的前提下，凭剧照生活照，发明了李小龙的截拳道。

《最初和最终的自由》——凭这书名，完全可以把整本书发明出来……但现在，他想看原版。想看看这个世界的原样。

许愿后，她每日去海边等书漂来。

第七天，电视里调出香港电视台播放的李小龙电影《猛龙过江》，李小龙竟是个逗趣活泼的人，袁牢记笑不出，直至看到李小龙踢了一个白人歹徒的裆，才有笑容。我发明的截拳道总算跟他有一点相同……

她从海边拎回一本书，假意在台灯下烤干。香港译文的《最初和最终的自由》，不难认识的繁体字。他知是托了房东。

印度人说，一个人可以改变世界，你把世界往好处想，世界便会变好。遭白人听众反对，说世界充满痛苦，有那么多人需要帮助，我们应该行动，而不是想。

印度人回答，人们种族不同、贫富不同，痛苦却如此一致，说明全人类都在一个波频上。你的一个念头，会传达到每一个人，你的一念，震撼世界……

袁牢记合上书。这一念以演讲的方式传给白人，白人以嬉皮士的方式传给李小龙，李小龙以中国功夫的方式传给黑人，在世俗显现上，确实完成了“一念波及全人类”。

亚细亚大地是遗漏的地域……她靠过来，偎在他怀里。

在这个大差不差的世界，已知未来。自由来临后，他和她没搞出什么名堂，也错过有小孩，五十五岁没钱了，她开办少年舞蹈班，他做杂务，平安了五年，五年后房租提升，关了舞蹈班，她也过世。他在街头卖香瓜，遇到巴顿五十六，去了第七十二届戛纳电影节……

眼前如此幸福，他抱住她。

信了一个人可以改变世界。

（全书完）

后记：装傻与装帅

第 72 届戛纳电影节，我去凑热闹，宣传自己搁置多年的电影。正逢阿兰·德隆获终生成就奖。

阿兰·德隆——一九七八年，他四十岁主演的《佐罗》内地公映，我们才知道他。一九八一年，《德黑兰1943》公映，他客串一角，只顾装帅，矫揉造作，在影院里被哄。

一九八八年，五十岁出演的《警官的诺言》内地公映，作品三流，个人突出，老硬汉的魅力，挽回了人气。之后还引进他的制片厂出品的电影，浪费了机缘，给了两部俗套侦探片，赚了点钱，从此没了热度。

我们没见过他的巅峰期，其代表作基本完成在六七十年代。他是亚洲比例的五官，港星郑少秋、周润发早年，几乎是他的脸，三浦友和努努力，也能像八成。浙江人、河北人尤其容易像，任何一所县城，都能碰上好几个他。

中国人，原本是很帅的，如他一般。

不是他的代表作的《佐罗》大火，因为佐罗是双面人，露脸时装傻，蒙面时伸张正义，契合当年民众心态。

听闻窦唯的音乐专辑里有《佐罗在中国》一曲，那是我们一代人才有的记忆，呼唤正义，又不太敢。

海明威自述是在美术馆里开的悟，作家群对他影响小，他的写作技巧来自塞尚，以画法为文法。马尔克斯说他的技巧全部来自海明威，竟然是“全部”二字——《百年孤独》里，实在看不出海明威的痕迹，以至于我对海明威的自述也产生了怀疑。

博尔赫斯说，《古兰经》里没有骆驼二字，恰恰证明是沙漠地区文学，人对最熟悉的事物往往忽略——听着真有道理。逢上本《古兰经》，从前往后翻翻，没几下发现了“骆驼”，又从后往前翻，没几下也发现了“骆驼”……

总结，大师们谈创作，不对读者负责，是为自己高兴。

别信。

二〇一九年下半年，终于写顺了手，连写了四个中篇，如同一九九三年，突然感到会画画了，怎么落笔都成立，之前画了七年。正式写作，则用了二十二年。

这四个中篇，不需要再谋篇布局，下笔自成章法。

二十二年，不好坚持，早以为文学是“苦熬”了，不料等来了畅快。

写作对于我，像是作画了。

小说上的进步，除了火候到了，是年近五十，发现人生如戏了。每个人都是自己的作家，依照心态和脾气，不自知地造出一生故事，你遇到的都是你想遇上的。以为生活是被动的，不料人人是原创者，原创了自己的被动。

二十世纪六十年代，欧美年轻人都在“觉醒”，轰轰烈烈地实践印度神学、日本禅学。李小龙是这一拨人，他拍电影是希望他人觉醒。而在我的青年时代，他仅是民族自豪感的符号。

我知道得太晚，于是，也写了李小龙。

徐皓峰

本名徐浩峰。1973年生。高中毕业于中央美术学院附中油画专业，大学毕业于北京电影学院导演系。现为北京电影学院导演系教师。

导演，作家，道教研究学者，民间武术整理者。

文学作品：

长篇小说：《国术馆》《道士下山》《大日坛城》《武士会》《大地双心》

短篇小说集：《刀背藏身》《花园中的养蛇人》《白色游泳衣》《诗眼倦天涯》

武林实录集：《逝去的武林》《大成若缺》《武人琴音》

电影随笔集：《刀与星辰》《坐看重围》

电影作品：

《倭寇的踪迹》（导演、编剧）

《箭士柳白猿》（导演、编剧）

《一代宗师》（编剧）

《师父》（导演、编剧）

《刀背藏身》（导演、编剧）

《诗眼倦天涯》（导演、编剧）

诗眼倦天涯

产品经理 | 来佳音　封面设计 | 张一一　营销经理 | 李欣爱

助理编辑 | 扈梦秋　责任印制 | 刘世乐　出 品 人 | 于　桐

图书在版编目（C I P）数据

诗眼倦天涯 / 徐皓峰著 . -- 南京 : 江苏凤凰文艺出版社 , 2021.5
ISBN 978-7-5594-5625-0

Ⅰ . ①诗… Ⅱ . ①徐… Ⅲ . ①中篇小说－小说集－中国－当代 Ⅳ . ① I247.5

中国版本图书馆 CIP 数据核字（2021）第 022733 号

诗眼倦天涯

徐皓峰 / 著

出 版 人	张在健
责任编辑	王 青
特约编辑	来佳音
装帧设计	张一一
出版发行	江苏凤凰文艺出版社
	南京市中央路 165 号，邮编：210009
网 址	http://www.jswenyi.com
印 刷	北京盛通印刷股份有限公司
开 本	880 毫米 ×1230 毫米 1/32
印 张	5.5
字 数	77 千字
版 次	2021 年 5 月第 1 版
印 次	2021 年 5 月第 1 次印刷
印 数	1—6,500
书 号	ISBN 978-7-5594-5625-0
定 价	39.8 元